나는
내 아이의

학습
매니저다

오늘도
흔들리는
엄마들에게

나는
내 아이의
학습
매니저다

김민정 지음

뜨인돌

수도 없이 흔들리고, 포기하고 싶었던 순간들도
한두 번이 아니었지만,
오늘도 엄마들은 묵묵히 우리 아이들을 기다려 주고 있습니다.

그렇게, 세상의 모든 엄마들은 위대합니다.

오늘도 흔들리는 엄마들에게

아이를 잘 키워낸다는 것은 정말 쉬운 일이 아니었습니다. 수도 없이 흔들리고, 포기하고 싶었던 순간들도 한두 번이 아니었지만, 오늘도 엄마들은 묵묵히 우리 아이들을 기다려 주고 있습니다. 설렘으로 처음 만난 아이를 인내심으로 지켜나갔으며, 지금은 기다림으로 그 사랑을 대신하고 있습니다.

그렇게, 세상의 모든 엄마들은 위대합니다.

하지만, 사춘기에 접어들면서 자녀들과의 갈등이 심해지고 그렇게 점점 감정의 골이 깊어져서, 그런 엄마들의 위대함이 서서히 빛을 잃게 됩니다. 마치 길 잃은 별 하나처럼, 쓸쓸하게 그 자리를 지키면서 어디로 가야 할지 몰라서 방황하는 것만 같았습니다.

우이독경인 그들에게 어떻게 우리의 마음을 전달해야 할까? 수도 없이 고민하다가 결국 직접 펜을 들었습니다.

이 글은 사랑하는 제 아들에게 쓰는 책이기도 했지만, 세상의 모든 부모님들께 바치는 '미소천사J의 메시지'이기도 합니다.

누구에게나 꽃은 피지만 저마다 그 꽃이 피는 시기는 다를 수밖에 없습니다. 그리고 그 과정 또한, 녹록지 않을 것입니다.
당신의 꽃은 지금 얼마만큼 피어나고 있습니까? 아직 피어나지 않았다면 조금만 더 때를 기다리면 될 일이고, 이미 만개해서 시들어 버렸다면, 씨앗이 또다시 제 위치를 찾아들어 갈 때까지 지켜봐 주세요. 오늘도 당신의 민들레 홀씨는 나풀나풀 자신의 자리를 찾아 날아다닙니다.

사랑하는 아들, 딸들아,
우리는 너희들이 어른들 이상의 세상을 보고, 가슴속에 원대한 꿈을 가지고 살아가길 기도한다. 인생이라는 큰 도화지에 너희들만의 멋진 그림들을 채워나가면서 거침없이 나아가길, 오늘도 간절히 기도하고 있단다.

시작

미소천사J

누구에게나 시작은 있었다

제아무리 성공한 위인들이라 할지라도,

모두에게 그 첫걸음은 있었다

물론,

누군가에겐 아주 쉬운 도전들이,

또 다른 누군가에게는

꽤나 용기가 필요한 일이 될 수도 있다

그 시작이 수줍든,

과감하든 간에

일단은 시작했음에

당신의 미래는 밝다

다가올 앞날을 미리 예측할 수는 없지만,

나라는 도화지에

인생이라는 그림을 그려나가는 건

나 자신이니까

오늘도 수줍게, 또는 용기 있게

당신이 목표한 그것들을

시작해 보는 건 어떨까

당신들의 찬란한 미래를 응원한다

꽃피는 봄날을 기다리며

김민정(미소천사J)

CONTENT

작가의 말 오늘도 흔들리는 엄마들에게

제1화 나는, 대치동 엄마다

십 년 동안, 엄마는 너의 학습매니저··*16
공부를 왜 해야 할까?··*20
학습매니저 엄마의 역할··*23
오늘도 묵묵히 기다려 주는, 학군지 아빠들··*27

제2화 사춘기, 올 테면 와봐

GR 총량의 법칙··*34
짜증이 심해지는 시기··*42
잔소리는 사랑이다··*44
엄마의 사춘기··*46
영화 〈러브레터〉··*53

제3화

우리의 에피소드

엄마는 아빠의 '애기', '아빠의 눈을 닮게 해주세요'·· * 65

너와의 첫 만남, 꽃보다 아들·· * 68

6개월간의 친정살이·· * 72

후회하지 않도록·· * 77

영유아기 뇌 발달의 중요성·· * 81

조기교육 마루타 되다·· * 83

독서교육의 중요성·· * 89

36개월, 힘들었지만, 화양연화·· * 92

한다, 안 한다·· * 94

드디어, 자유 시간을 갖다·· * 97

영어놀이학교, 사설 영재원 입학·· * 104

영어유치원 시작·· * 108

영어와 수학, 그 시작·· * 111

무조건적인 믿음의 중요성·· * 115

제4화　현모삼천지교 메시지

시린 북쪽 나라 남자를 만나다·· * 120

시절인연·· * 126

우정에 대하여·· * 133

지는 게 이기는 거야·· * 145

자존심, 자존감·· * 149

사랑, 그 도덕적 양심에 대하여·· * 155

영화 〈노트북〉·· * 159

감정표현에 솔직한 사람이 되자·· * 163

여자들의 이상형·· * 167

제5화　아들아, 이런 여자를 만나라

긍정적인 여자를 만나라·· * 174

지적인 여자를 만나라·· * 177

온화한 여자를 만나라·· * 180

위트 있는 여자를 만나라·· * 183

솔직한 여자를 만나라·· * 189

네 여자에게 잘하라·· * 192

제6화 아들아, 꿈을 꾸며 살자

꿈을 닮아가는 사람이 되자··· * 198
오뚝이 정신을 갖자··· * 203
소신껏 살자··· * 211

제7화 아들아, 행복하자

취미생활을 하자··· * 218
음악을 가까이하렴··· * 224
단톡방에 너무 빠지지 말아라··· * 228
항상 나 자신을 사랑하고 당당하자··· * 232
힘들 땐, 여행을 떠나자··· * 236
잠을 잘 자야 한다··· * 239
끊임없이 글을 쓰자··· * 242
누군가를 미워하는 데 너무 많은 에너지를 쓰지 말자··· * 244
솔직하자··· * 251
삶과 죽음에 대하여··· * 256

제8화 **사춘기 아가들에게**

엄마들도 한때는 아이돌 누나였단다‥ * 264
너희들의 미래를 응원해‥ * 266

에필로그

제1화

나는,
대치동 엄마다

십 년 동안,
엄마는 너의 학습매니저

"엄마~! **네 엄마는 의사래! 엄마는 왜 직업이 없어?"

어느 날, 갑자기 아이가 물었다. 순간 당황한 나는 뭐라고 대답하면 좋을지 빛의 속도로 고민하다가,

"엄마는 테이 학습매니저잖아, 엄마는 직업이 없는 게 아니라 그동안 너의 학습매니저로 살았지!"라고 대답했다. 그렇게 그날부터 내 직업은 아들의 '학습매니저'가 되어버렸다.

그래, 그렇게 십 년 동안, 나는 너의 모든 학습을 관리하면서 교육 전문 매니저로 살아왔단다. 하루 24시간 근무, 하지만 연봉은 '0'원. 거의 무보수 수준으로 무료 봉사를 하고 있다고 해도 과언이 아니란다.

누구는 헬리콥터 맘, 또 누구는 알파 맘이라고도 표현하더구나.

그동안 왜 그렇게 너에게만 집착하면서 살았냐고?

당연하지! 너는 내 소중한 VIP 고객이니까. 이유인즉슨, 이 또한 진심으로 나의 직업이라고 생각하면서 살고 있었기 때문이야. 그렇지 않으면 도저히 버틸 수가 없을 것 같았거든.

엄마는 정말 최선을 다해서 너를 키웠단다. 후회 없이 키우고 싶었고, 부나방처럼 대치동을 날아다녔어.

학군지 엄마들이 하루 종일 아이를 얼마나 치밀하게 관리하고, 머리를 굴려가면서 교육 전략을 짜는지, 잘 안다면, 입이 떡 벌어질 거야.

맹모는 아무나 되는 것이 아니더라고. 그만큼의 관심과 열정이 있기에 가능한 일이기 때문이지. 나라고 꿈이 없었겠니. 단지, 그보다 더 가치 있는 일이라고 판단했기에, 과감히 내 일을 미룰 수 있었던 것이고, 자식을 낳았으면 아이가 독립할 수 있을 때까지는 책임을 져야 한다는 게 내 신념이었단다.

그리고 가장 중요한 건 내 아이의 교육을 통해서 나는 또 하나의 경력을 쌓고 있다고 생각하기 때문이야. 생각해 보면 남의 집 아이의 과외를 십 년 동안 하는 것과 무엇이 그리 다르겠니. 비록 과외비는 받지 못했지만, 벗어날 수 없다면, 철저하

나는, 대치동 엄마다

게 아이의 전문가가 되어 교육을 시켜보기로 결심했지.

어차피 사춘기 이후에는 함께 하고 싶어도 네가 거부할 테니. 그때까지만, 네가 내 둥지 안에서 편안함을 느끼는 딱 그때까지만 나는 너의 붙박이 전문가 선생님으로 살기로 결심했어.

그리고 더 이상 엄마의 품이 필요 없어지는 그날이 오면 쿨하게 비상할 수 있도록 도와줄 거야. 나 역시 그때까지 너와 함께 멋지게 성장해 있기를 소망해.

남녀가 연애를 할 때도 끝까지 최선을 다한 쪽은 헤어질 때도 미련이 없는 법이야. 반면, 어설프게 사랑을 준 쪽은, 상대방에게 끝까지 질척거리면서 미안해하지.

이른 사춘기가 시작되는 너는 이제 슬슬 내 품을 벗어날 준비를 하는지, 확실히 어렸을 때보다는 엄마랑 공부하는 시간이 절반 정도로 줄어버렸지만, 대신 그 자리를 학원 선생님들께서 대신하고 있으니 조금은 안심이 되는구나. 그렇게 네가 내 둥지를 벗어나는 그날까지는 최선을 다해서 너의 학습매니저 역할을 해야겠어.

희망을 노래하다

미소천사J

나는 오늘도 내 아이에게
희망을 노래한다
누군가는 이를
집착이라 할 수도 있겠고,
또 누군가는 욕심이라 폄하할 것이다
하지만, 나는 그것을 사랑이라 부른다

나는, 대치동 엄마다

공부를 왜 해야 할까?

너는 가끔 엄마에게 묻곤 하지. "도대체 공부는 왜 하는 거야?" 그래. 지금의 입시전쟁들은, 아직 초등학생인 네가 이해하기엔 절대 쉽지 않은 상황들이지.

호기심도 많고, 학습을 즐거워하는 너이지만, 그런 네 입에서도 가끔 그런 질문이 나온다는 건 어찌 보면, 당연한 일이겠지.

공부를 왜 해야 할까. 엄마도 같이 곰곰이 생각해 봤어. 누구 말대로, 꼰대 같은 소리는 하지 않을게.

엄마는 어렸을 때 그냥 1등이 하고 싶었던 것 같아. 뚜렷한 꿈이 있었던 건 아니었는데, 그냥 당장 내 눈앞에서 1등 성적표를 보고 싶었던 것 같구나. 그런데 그 1등 성적표를 갖는 게 너무 힘들었어.

누군가 그러더라고. 공부를 열심히 해서 좋은 성과를 내면, 타인에게 너를 증명하기 위해 일일이 애쓰지 않아도 된다고.

엄마가 생각해도 그 말이 맞는 것 같구나. 세상을 살아보니, 학창시절에 무언가에 깊게 몰입해 본 사람들은 그 이후의 일들도 잘 헤쳐나가는 경우들이 많더구나. 어린 시절의 자잘한 성공경험들은 앞으로 네가 살아가는 데 있어서 엄청난 영향을 끼칠 거야.

'내가 그 어린 시절에도 그렇게 힘들게 공부해서 결국 목표를 이루어 냈지. 그러니까 지금 이 과정들도 잘 버텨낼 수 있을 거야.'

그렇게 작은 성과들이 쌓이면, 어느새 너의 목표와 근접해 있지 않을까.

너희들은 지금 공부를 당장 왜 해야 하는지도 잘 모르겠고, 아무리 동기부여를 해도 가슴에 와닿지 않을 거야.

설령, 그 이유를 잘 모르겠다고 해도, 일단은 끝까지 도전해 보라고 얘기해 주고 싶어. 그렇게 그 이유를 스스로 깨달을 때까지 그냥 한번 직진해 보는 건 어떨까? 어차피 공부하지 않아도 되는 이유에 대해서도 뚜렷한 해답은 없지 않니?

그저 오늘 하루를 최선을 다해서 살아가다 보면 네가 그리는 삶에 좀 더 가까이 다가갈 수 있지 않을까?

지금 당장엔 네 눈앞에 그 성과들이 뚜렷하게 보이지 않을지

나는, 대치동 엄마다

도 몰라. 하지만 언젠가 반드시 너를 위해서, 온 세상의 기적들이 찾아올 거야.

그런데 최선을 다한 사람에게 그 행운이 가장 먼저 다가온다고 생각하면 어떨까?

그렇게 온 우주가 너를 지켜보고 있고, 너희들의 노력을 들여다보고 있다면, 만족할 만한 대답이 될까?

엄마는 항상 그렇게 생각해. '온 우주가 나를 다 지켜보고 있다. 내가 열심히 산다면, 반드시 나에게 기적을 선물할 것이다.'

너에게도 반드시 그 기적이 펼쳐질 거라고 믿어 의심치 않는단다. 끝까지 행운을 빈다. 내 아들.

학습매니저 엄마의 역할

　나를 비롯한 학군지 엄마들은 대부분이 아이들 교육
에 아주 열정적이란다. 그냥 학원 스케줄에 맞춰서 가이드만
해주는 게 아니야.
　다들 학습매니저로서의 역할을 아주 전문적으로 해내고
있지.

　아이의 일거수일투족에 관여하면서 플랜들을 꼼꼼하게 정리
하고, 각 학원의 장단점들을 전문가 수준으로 꿰뚫고 있어. 각
종 유튜브와 설명회를 오가면서 교육정보를 공부하고, 서로가
모은 정보를 가지고 끼리끼리 공유하기도 하지.

아이들의 성적이 비슷하고, 서로 추구하는 방향이 잘 맞는다면, 팀 수업들이 많이 진행되기도 하는데, 너 역시 초등 2학년까지는 이 팀 저 팀에서 팀 수업들을 많이 진행했단다.

팀 수업을 들어갈 때는 과연 내가 이 시간에 이 수업을 꾸준히 할 수 있는지가 가장 중요하단다. 중간에 우리 아이가 나오게 되면 다소 민폐가 되는 상황들이 연출될 수 있기 때문에 신중히 고민해 보고 시작해야 해.

예를 들면, 너도 7세 때는 도형체험을 통한 기하수업을 2년 가까이 진행했었고, 경시 시즌마다 바짝 한두 달씩 모의고사 팀 수업을 꾸려서 열심히 공부했지.

여기에는 항상 팀을 적극적으로 리드하는 엄마들이 존재하기 마련이야.
물론, 그녀들의 아이들은 성적이 아주 좋고, 정보력 또한 흘러넘치지. 그뿐만 아니라 학원 원장님들과의 돈독한 관계를 유지함으로써 학원가의 화려한 인맥을 자랑하는 분들도 많이 보았단다.

대치동 학원가에는 다양한 입시 커리들이 존재하지만, 그중에서 어떤 커리를 취사선택할지는 항상 엄마들의 몫이란다. 남들이 그 길을 간다고 해서, 내 아이에게도 그 길이 맞으리라는 보장은 없는 거니까.

그리고, 내 아이의 상황에 맞게, 이제까지 없던 커리들도 새로 개척해 낼 수 있는 용기 또한 필요하지. 어떤 길로 가야 더 지름길로 갈 수 있을지, 어떻게 해야 조금이라도 우리 아이를 덜 고생시킬 수 있는지를 고민하는 게 우리들의 역할이야.

그렇게 항상 입시정보들을 꿰뚫고 있으니, 내 아이의 앞날이 마냥 두렵지만도 않아.

우리는 단순히 애만 키우는 가정주부가 아니란다. 우리를 교육계의 커리어우먼이라고 불러줄래?

정말 꼬박꼬박 연봉으로 책정한다면, 필히 고액 대기업 연봉만큼을 받아야 해. 식구들이나, 다른 사람들은 잘 몰라준다 해도, 엄마들 사이에서는 서로의 노력과 가치를 인정해 주고 있단다.

사회생활에서도 열정적인 직원들이 더 예쁨받고, 업무성과가 좋듯이, 학군지 엄마들 사이에서도 마찬가지야.

솔직히, 그렇게까지 애쓰지 않아도 아이는 그냥 편하게도 키울 수 있었고, 누가 뭐라고 할 사람 또한 없음에도 불구하고, 언제나 혼신의 힘을 다하면서 본인들의 열정을 불태우고 있단다.

비록, 지금은 아이의 학습매니저로서의 역할로 인해 본인들의 꿈을 잠시 내려놓기도 했지만, 나는 그녀들이 머잖아 또다시 '비상'할 거라고 믿고 있어. 또 다른 꿈을 꾸며, 멋지게 날아오르겠지.

오늘도 묵묵히 기다려 주는, 학군지 아빠들

"응 자기야, 오늘도 배민 아저씨 오실 거야. 맛있게 먹고 있어."

네 아빠는 일명 그 유명한 삼식이었단다. 신혼 때부터 네 나이 여덟 살 때까지는 정말 아침, 점심, 저녁을 다 받아먹는 대단한 남자였지.

우리가 부부싸움을 한다면 열 번 중에 아홉 번은 '밥'의 문제로 싸우곤 했으니 그의 밥에 대한 집착성은 이루 말할 수 없을 정도였단다. 아빠는 빵도 좋아하지 않고, 심지어 계란프라이도 잘할 줄 모른단다. 그 시절, 나는 항상 삼시 세끼로 힘들었던 것 같구나.

나는, 대치동 엄마다

그랬던 그가 변했어. 배민 음식을 시켜 먹기 시작했고, 햄버거를 사서 집에 들고 온단다. 그렇게 서서히 집밥에 대한 집착을 내려놓고, 학군지 아빠로서의 삶을 살고 있지. 여전히 다른 집 아빠들처럼 스스로 볶음밥을 해 먹을 정도는 아니지만, 그래도 엄마는 이 정도로 충분히 만족하고 있어.

본의 아니게 여기까지 이사 와서 밥도 제대로 못 얻어먹고, 아이를 함께 픽업하느라 바쁜 아빠들이 한둘이 아니야.
그 아빠들도 다른 동네서 살았다면 이런 고생들은 하지 않았을 텐데 다들 좀 짠하긴 하지.

부부가 교육관이 비슷하면 참 살기가 편하단다. 하지만 네 아빠와 엄마는 맞지 않는 교육관으로 부척이나 힘들있지.

아빠는 옷 하나도 함부로 사지 않고, 항상 대중교통을 이용하던 사람이야. 그런데 사교육에 펑펑 돈을 써대는 엄마를 보고 있으려니 화가 안 났겠니.
그저 네가 열심히 해주니, 그 희망으로 참았던 거야.

그래, 아이가 태어나면 그 집안은 모두 아이에게만 초점이 맞춰져서 모든 스케줄과 돈이 아이들 위주로 돌아가게 마련이야. 가끔 싱글들이 묻곤 하잖아. 그런 삶을 사는 게 다소 허무하진 않냐고. 내 남은 인생이 아이에게로 다 전이되는 건데 그럴만한 가치가 있는 거냐고.

엄마는 단호하게 대답하고 싶어. 자식을 낳고 키워내는 일들은 당연히 해볼 만한 일이야. 한 생명이 태어나서 자라는 과정들을 오롯이 지켜보고 있으면 정말 신비롭단다.

너무 신기하지 않니. 팔뚝만 했던 네가 벌써 엄마보다 큰 청소년이 되었다니. 그것도 내가 일일이 다 먹여서 저렇게 키워냈다니 얼마나 뿌듯한지 몰라.

그들도 한때는 유행에 민감하고 명품을 좋아하는 멋쟁이들이었겠지.

하지만 엄마 아빠들은 오늘도 너희들 교육비를 대느라 허리가 휘청인단다. 다른 지역에 사는 누구네 집들은 재테크한답시고 여기저기 투자해 대면서 이사를 수도 없이 다니곤 하지만, 여기 엄마, 아빠들은 재테크 한번 하려면 집안의 눈치를 봐야 하고, 모든 부분들이 너희들의 교육에 초점이 맞춰 있기 때문에 결코 쉽지 않단다.

학군지에는 은근히 아버님들이 아이 교육에 적극적인 경우들도 많단다. 바짓바람이라고 들어봤니?

그 옛날에는 치맛바람이란 단어들밖에 없었다면, 요즘엔 바짓바람이 급부상하고 있단다. 아빠의 무관심이 있어야 입시를 성공적으로 끝낼 수 있다는 그 옛날의 주장과는 달리, 요즘에는 교육 단톡방들도, 성공적으로 입시를 끝낸 아버님들로 주를 이루는 곳들이 나날이 늘어나고 있는 게 현실이야.

그래, 교육은 이제 비단, 엄마들만의 역할이 아닌 거야. 아빠들도 너희들의 교육에 아주 적극적이고, 진심이란다. 똑같이 자식을 잘 키워내고 싶은 마음은 결국, 오늘도 그들을 같은 곳을 바라보게 만들었고, 그렇게 동행하고 있는 거지.

주말이면, 과제가 밀린 아이들의 수학 숙제까지도 봐주는 대단한 아빠들도 많단다.

참 보기 좋지 않니? 누구는 바짓바람이라고 치부할 수도 있겠으나, 당연히 자식에 대한 사랑 아니겠니?

그렇게 내가 바라보는, 대치동 아빠들은 참 젠틀하고 품위 있단다.

자녀의 성적에 올인하느라 아내들의 관심이 남편들에게는 조금 뒷전일 수밖에 없으니, 가끔씩은 외롭기도 하겠지.

실제로 어떤 아버님은 퇴근하고 집에 돌아오면 늘 아내와 아이가 공부 문제로 다투고 있었고, 그럴 때마다 삶이 너무 팍팍하게 느껴진다고 말씀하셨단다.

하지만 그들은 오늘도 묵묵히 자녀들의 입시를 성공적으로 끝내고, 자신들의 소임을 멋지게 다할 수 있을 그날을, 인내심 있게 기다린단다.
그렇게 하염없이 아내의 빈자리를, 묵묵히 참고 기다릴 줄 아는 학군지 아버님들께 오늘도 박수를 보내드리고 싶구나.

제2화

사춘기,
올 테면 와봐

GR 총량의 법칙

멀리서, 커다란 바퀴벌레 한 쌍이 여전히 쪽쪽거리면서 손을 잡고 다닌다. 누구냐고? 바로 우리 모자다.

잠시 뒤에 서로 화가 났는지 버럭버럭 소리 지르면서 데시벨 내기를 하는 남녀가 또 한 번 등장한다. 그건 또 누구냐고? 그것도 바로 우리 모자다.

그렇게 하루에도 몇 번씩 서로의 감정이 널을 뛰면서 롤러코스터를 타고는 있지만, 나는 알고 있다. 그와 나의 애착은 그 누구보다도 끝내준다는 사실을. 그 이유는 잠시 후에 공개하도록 하겠다. 비록 사춘기 호르몬이 중간에서 어깃장을 놓으며 방해하고 있지만, 그것도 괜찮다. 가슴속 저변에 강한 믿음과 사랑이 있으니까. 그런데 갑자기 길에서 왜 싸웠냐고?

"(아주 사랑스럽게) 엄마!"

"(더 사랑스럽게) 응?"

"엄마는 나이도 들었는데, 왜 자꾸 어린척하면서 옷을 입고 다녀? 밸런스가 안 맞는데?"

늙은것도 서러운데, 엄마 데시벨 수직 상승 직전. 일단 참았다. 잠시 후에 한 번 더, "엄마, 해리포터 작가는 밑에 직원들이 많아서 편집을 엄청나게 빨리한대! 엄마는 왜 이렇게 늦게 해?" 또 욱하고 깊은 용암이 뿜어져 올라온다. "넌 숙제나 열심히 해~!"

뭐 매번 그런 식이다. 하루는 학원을 빠진다고 난리를 쳐서, 또 하루는 따박따박 말대꾸를 해서, 요즘 그렇게 자잘하게 아이와의 신경전이 늘고 있다. 아이의 증상들을 검색해 보니 드디어 사춘기 그분이 내 아이에게도 서서히 다가오고 있었다.

테이야,

이번 겨울은 엄마가 아주 힘들었던 것 같아. 드디어 너의 이른 사춘기가 시작되는 거지.

물론, 너는 이성적이고 모범적인 아이이기 때문에, 그 틀 안

에서 많이 벗어나지는 않지만, 자잘하게 엄마 속을 긁어대는
건 사춘기 호르몬이 한 짓이니 참아줘야겠지? 하지만 나도 모
르게 화가 나고 울컥 샘솟는 눈물들은 정말 어찌할 바를 모르
겠어.

그래. 네가 무슨 잘못이겠어. 호르몬 탓인걸.

그렇게 너는 이마에 여드름이 나기 시작하고, 가끔은 엄마에
게 반항을 하기도 했지. 엄마도 처음엔 무척 당황스럽고 혼돈
의 카오스였지만, 이 시기를 잘 기다려 주기로 결심했어.

너 혹시 사춘기 GR 총량의 법칙이라고 들어봤니?
만약, 사춘기 때 GR을 하지 않는다면, 살면서 언젠가는 꼭
그 총량을 채운다는 뜻으로 엄마들 사이에서 흔히 농으로 던지
는 명언이란다.
너의 사춘기를 맞이해서 미리 대비를 해야 했기 때문에 오늘
은 전문지식들을 조금 찾아봤어. 알고 당하는 거랑 모르고 당
하는 건 천지 차이라고 생각하거든. 네가 어떤 GR을 해도 꿋꿋
하게 버텨내려면 엄마도 사전지식이 풍부해야 하지 않겠니?
미용실에서 눈썹 문신을 하는데 한 아저씨가 미용실 아주머
니께 본인 딸이 사춘기가 와서 힘들다고 욕을 욕을 하는 얘기

를 들으면서 비단 어느 집만의 일이 아니란 걸 깨달았지. 그래. 엄마만 힘든 게 아니었던 거야. 다들 저마다의 이유로 힘들지만, 혹시나 선입견이 생길지도 모르니 내색도 하지 못하고 끙끙 앓고 있었던 거지.

그 미용실에 있던 사춘기 엄마들은 다들 그 말에 공감하면서, 그렇게 예뻤던 딸이 갑자기 신경질적으로 변하니 어찌할 바를 모르겠다면서 하루하루가 싸움의 연속이라고 한탄했어.

그래서 엄마는 결심했지. 이 시기를 엄마가 공부해야겠구나. 아는 만큼만 대비할 수 있지 않겠니? 이렇게 매일 너에게 당하고 있을 수만은 없다고 생각했지.

사춘기의 사전적 의미를 쭉 읽어 내려가다가 엄마가 아주 중요한 사실을 발견했어.

"아동기를 벗어나는 청소년들이 겪게 되는 과정으로, 일명 '질풍노도의 시기'라고도 하지만, 이게 꼭 보편적인 현상은 아니다."라는 구절에서 엄마는 생각이 많아졌어. 네이버 백과사전에 따르면 남태평양의 사모아섬의 청소년들은 갈등의 시기 없이 평화로운 사춘기를 보내기도 했다는 연구결과도 있다는 거야. 거기에는 느긋한 육아 방식, 성에 대한 개방적인 태도, 갈등과 폭력 없는 관계에 그 원인이 있다고 마거릿 미드의 연구논문에도 나와 있어.

우리는 흔히 사춘기가 '질풍노도의 시기'라 여기고 사건, 사고의 중심에 있다고 색안경을 끼고 바라보지만, 청소년 대부분은 혼란과 불안 속에서도 이 시기를 잘 거친다고 하더구나. 그 구절에서 엄마의 눈이 번뜩 뜨였지.

그래, 아직 늦지 않았어. 그럼 이제 막 시작되려는 너의 사춘기도 조금 더 평화롭게 보내는 방법들이 있지 않을까?

생각해 보니 엄마랑 외삼촌도 어린 시절에는 질풍노도의 시기를 겪지 않고 조용하고 평화로운 사춘기를 보냈단다. 그 이유가 뭘까 곰곰이 생각해 보니, 어렸을 때부터 외할머니는 공부하라는 잔소리를 거의 하지 않으셨고, 함부로 윽박지르지 않으셨어.

그렇다고 해서 우쭈쭈하면서 감정표현을 많이 하는 분도 아니셨지만, 항상 감정 기복 없이 평온하게 키우셨던 것 같아.

그리고 외부에서는 친구들과의 관계를 통해서 즐겁게 그 시기를 이겨낼 수 있었지.

엄마는 사춘기 시절을 떠올리면 친구들과 깔깔거리면서 웃었던 기억들이 대부분이야. 아마 앞으로 너도 그러할 거야.

그 시절에는 또래 친구들이 어찌나 좋았는지. 그녀들과 서로 좋아하는 연예인 얘기를 하면서 스몰토크를 하던 게 유일한 낙이었던 것 같아.

그렇게 별다른 질풍노도의 시기를 거치지 않고 조용히 지나갔던 엄마의 사춘기.

하지만, GR 총량의 법칙에 따라서 결국, 엄마는 성인이 되어 폭발했지. 어릴 때 참았던 서운함을 잘 쌓아뒀다가 몇 년 전에 화산 폭발하듯 외할머니에게 쏟아낸 적이 있단다. 그런 나 자신을 보면서 깨달았어. '아, 누구나 그 GR 총량을 채우는구나.' 우스갯소리로 그 총량을 부모가 받아주지 않으면, 결혼해서 배우자에게 전이되는 경우들도 있다더구나.

사춘기 아이를 키우는 엄마들의 미션은 바로, 아직은 미성숙한 그들을 비난하지 말고, 긍정적인 태도로 바라봐 주기.

누구나 아는 사실이지만, 실천하기는 참으로도 어렵지. 그래. 너희들은 아직 미성숙하니까.

어른인 우리들도 여전히 미성숙한데 하물며 청소년기인 너희들은 당연한 거지. 왜 자꾸 너를 큰 아이 대하듯, 그렇게 엄마의 눈높이에 맞추어서 대화하려고 했던 건지 많은 반성을 했어.

긍정적인 태도로 바라봐 주기. 이 또한 실천하기 쉽지 않지만 노력해 봐야겠어. 네 모든 것들을 사랑스럽게 바라보려고 애쓸게.

그냥 엄마의 욕심만 살포시 내려놓으면 되는 건까?

하지만, 그런 나를 너무 많이 미워하지는 말아줄래?

그 또한, 너에 대한 강한 믿음이 없었다면 감히, 욕심부리지 않았을 거야.

화가 나서 네 맘대로 하라고 윽박지르고 나면, 너는 가끔 엄마에게 묻곤 하지.

"엄마, 혹시 나 포기한 거야? 그런 건 아니지?"

그래. 넌 그렇게 욕심이 많은 아이야. 잘하고 싶은 마음이 크고, 너 자신에 대한 기대치도 높지. 그래서 그랬던 것 같아.

그렇게 네 욕심을 채워주기 위해 엄마도 같이 노력했던 것 같아. 그러다가 너에게 상처도 주고, 가끔은 마음이 바닥을 치는 감정들을 느껴보기도 하면서 말이야.

아이를 키우면서 느꼈지.

'아, 내가 이렇게 형편없는 사람이었구나. 이 정도밖에 안 되는 엄마였어? 그러면서 무슨 아이 교육을 하겠다고. 그러고도 네가 성인이야?'

엄마라는 타이틀은, 그렇게 나 스스로에게 수많은 자책과 상처들을 안겨줬어.

정말 다 포기하고 싶었던 순간들도 한두 번이 아니었고 아, 이대로 친정 근처로 내려가 버릴까 수도 없이 고민하면서 학군지를 누비고 다녔지.

아마도 많은 엄마들이 나와 같은 생각들을 하면서 오늘도 꿋꿋하게 버티고 있을 거야.

겉으로는 모두 평온하게 웃고 있지만, 보이지 않는 백조의 다리처럼, 다들 수면 아래에서는 하루에도 수도 없이 내적 불안들로 요동치고 있을 거야.

감히, 그런 그녀들에게 집착이라고 표현하지 않았으면 좋겠어.

그 방법이 비록, 조금은 잘못되었을지는 모르겠으나, 분명한 건 그 간절함 또한 사랑의 일부란다. 간절하게 너희들을 잘 키워내고 싶은 거고, 누구보다도 더 너희의 꿈을 응원하고 있고, 하나라도 더 도움 주고 싶은 마음인 거야.

감히, 맹목적 집착이라는 단어로 폄하하지 말자. 안도현 시인의 시 중에서 그런 구절이 있지?

"너는 살면서 누군가에게 한 번이라도 뜨거운 사람이었느냐."

엄마는 너에게만큼은 참으로 뜨거웠단다. 살면서 이렇게 누군가를 사랑해 본, 그런 경험은 처음이었어.

그렇게 너무 뜨거워서 더 이상 가까이 다가가면 데일 수도 있는 상황까지 온 것 같아.

그래. 지금이 그 시점인 것 같구나. 그래서 엄마는 이제부터 사랑하는 너와 약간의 거리 두기를 시작하려고 해.

41

짜증이 심해지는 시기

엄마는 오늘도 너와 심하게 다투고 나니 기분이 매우 안 좋아.

그 순간, 엄마 입에서는 또 왜 그런 말들이 튀어나왔던 걸까.

네가 싫어하는 말들인 걸 뻔히 잘 알면서도 왜 자꾸 너를 자극하는 걸까. 또 수도 없는 자책을 하면서 너를 기다려.

그래, 이 시기에는 워낙, 타인의 비판이나 평가에 아주 민감하게 반응을 보인다고 하더구나. 그래서 네가 엄마의 말 한 마디 한 마디에 그렇게 짜증이 심했던 거구나.

앞으로는 너의 자존감이 낮아지지 않도록 좀 더 조심해야겠어. 요즘, 사춘기에 관해서 공부하기 시작하면서 너를 조금은 이해할 수 있게 되었어.

그렇게 너에게도 사춘기가 오기 시작했던 거구나. 첫째 아이라서 무식했던 엄마는 그런 것도 모르고 쟤가 왜 저렇게 변했나 마냥 걱정만 해댔지. 부모들에게는 반항기로 느껴질 수 있지만 너에게는 또 다른 성장기가 되겠지. 그렇게 자아를 찾아가는 과정이며, 이 시기를 잘 겪어내야 네가 온전한 성인으로 자리매김할 수 있을 테니까.

잔소리는 사랑이다

생각해 보니 엄마도 어렸을 때는 외할머니의 잔소리들이 그토록 듣기 싫었었구나.

외삼촌은 워낙에 외할머니의 말씀을 잘 듣는 모범생이었기 때문에 잔소리할 일이 없었지만, 엄마는 자유로운 영혼이었으니 할머니의 눈에는 그저 빈틈투성이였던 거겠지.
그래서 출가 후 잔소리가 사라지니 정신적으로 그렇게도 편할 수가 없었지.

그런데 살다 보니 말이다. 그때는 그렇게 듣기 싫었던 외할머니의 말씀들이 다 맞더라고.

하나씩 맞아떨어질 때마다 고마움을 느꼈지.

너 역시 그러할 날들이 반드시 올 거라고 믿는단다.
지금엔 당장 듣기도 싫고, 실천하지도 않을 거란 걸 잘 알고
있어.
하지만 엄마는 단지 나의 역할을 다했다는 걸 알려주고 싶었
어. 자식이 잘못된 길로 가지 않길 바라는 건 모든 부모님들의
마음이란다. 지금은 그것들을 잔소리라고 치부할지는 모르겠
지만, 성인이 되면, 너 또한 깨닫게 되겠지.
그럴 수밖에 없었다는 것을.

지금 만약 내가 너와의 관계가 조금 편하자고 해서 소소한
잔소리들을 하지 않는다면, 넌 또 성인이 돼서 엄마는 그때 나
를 가르치지 않고 뭘 했냐며 타박하겠지?

그래, 어쩌면 그냥 나는 부모로서의 소임을 다할 뿐인 거라
고 생각해 주면 좋겠구나. 그때 돼서, 너에게 또 다른 원망을
듣고 싶지는 않아.

사춘기, 올 테면 와봐

엄마의 사춘기

생각난 김에 엄마의 사춘기를 들려줄까?

열여섯 살. 엄마의 사춘기는 질풍노도의 시기는 없었으나, 대신 정신적으로 무척이나 카오스였지. 반항을 하지 않는다고 해서 조용히 흘러가는 게 아니었어. 엄마는 사춘기 때 책상 앞에만 앉으면 그렇게 잡생각들이 몰려오면서 집중이 잘 안 되더라고. 머릿속에는 항상 이런저런 고민들로 가득 차 있었지. 그 시절에는 왜 그리도 친구들과의 관계로 고민이 많았던지. 단짝 친구랑 붙어 다니다 보면 꼭 그 사이를 비집고 들어오는 사이시옷 친구들이 존재했지. 여자아이들 세계에서는 그런 부분들이 상당히 민감하게 다가오거든. 내 단짝을 빼앗기고 나면, 실로 그 상처가 제법 컸어. 그렇게 단짝을 잃고 나면 새로운 친구

46

를 만들 때까지 계속 신경을 쓰곤 했던 것 같아. 흔히들 사춘기 때는 성적이 멈춘다고 표현하잖아? 엄마도 마찬가지였던 것 같아. 수직 상승하던 성적이 갑자기 정체기가 오게 됐지.

그리고 항상 짝사랑으로 시작해서 짝사랑으로 끝났단다.

그 시절, 나의 짝사랑은 사대천왕 케이 군.
케이 군은 그 당시 우리 학교 사대천왕 중 넘버원이었지. 그 아이를 모르는 여자아이들이 없을 정도였고, 반마다 내 라이벌들이 대여섯 명씩은 있을 정도로 인기가 넘쳐났어.

키 183에 완벽한 비율. 그 아이가 아디다스 롱점퍼에 초록색 캡모자를 쓰고 나타나면 후광에 눈이 부실 정도였지.
그 아이 주변에는 항상 여자친구들이 북적거렸고, 나는 너무 소심해서 말도 한번 제대로 못 붙여봤단다. 아침마다 학교에서 농구하는 그 아이를 보면 너무 멋있어서 가슴이 콩닥거렸던 기억이 아직도 나는구나.
등교할 때마다 늘 같은 시간에 마주쳤던 설렘도, 학원에서 굳이 같은 반을 하겠다고 일부러 레벨을 다운했던 바보 같은 추억들도 지금은 내 기억 속에 아주 예쁘게 남아 있어. 그렇게 바라만 보다가 내 첫 번째 짝사랑은 끝이 났지.

사춘기, 올 테면 와봐

곰곰 생각해 보니 이것도 다 보수적인 외할머니의 세뇌 때문이었지.

할머니는 어릴 때부터 여자는 무조건 먼저 고백하면 안 되는 거라고 도도해야 한다고만 강조하셨어.

'엄마, 그런 건 엄청 예쁜 애들한테나 통하는 거였어. 아무리 고슴도치라지만 현실을 직시하면서 세뇌시켰어야지.'

아이의 사춘기 나이를 바라보며 나의 사춘기를 떠올려 본다.

(버럭) 너는 그렇게 철없는 사춘기를 보내놓고 아들은 시행착오도 없이 지나가길 바란다더냐. 너는 케이 군 좋다고 1004로 찍어가지고 매일 스토커처럼 문자질해 대고, 걔가 얼마나 무서웠겠니.

네가 무슨 기상청 예보관도 아니고, 첫눈 온다고 비 내린다고 툭하면 익명으로 걔가 아마 넌 줄 다 알았을 거다. 진정 '도도가문'의 흑역사로다. 차라리 대놓고 고백을 해서 차이든가, 매일 뚫어져라 보고 있었으니 걔가 얼마나 너를 이상하게 생각했겠냐.

이 밤, 조용히 나의 소심했던 사춘기를 반성해 본다.

(귀여운 너의 스토커 천사가)

아! 그런데 엄마가 그렇게 좋아하던 케이 군을 왜 단념했냐고? 그 당시 나보다 더 성격이 급했던 내 친구가 케이 군에게 먼저 고백을 해버렸어. 나보고 자기가 초콜릿을 주면서 고백하려는데 같이 가자는 거야.

지금 생각해 보면 그 친구는 내가 그를 좋아하는 마음을 알고 있었음에도 불구하고, 전혀 아랑곳하지 않고 본인의 감정에만 충실했던 거였어. 어린 나이에 참 당돌했지.

결과는 어찌 됐냐고? 그 당시에 여드름으로 뒤범벅이었던 못난이 그 친구도 당연히 뺑 차였지. 나는 놀이터 벽 뒤에 숨어서 내 친구가 차이는 그 광경을 지켜보면서 고백을 안 하길 잘했구나, 내심 안도했지. 알고 보니 케이 군은 그 당시 퀸카 여학생을 사모하고 있었더라고. 내가 봐도 너무 늘씬하고 예뻤던 그 퀸카 여자애가 결국 당당히 그를 쟁취했어.

그래 그때 난 인생을 깨달았어. 결국 끼리끼리 만난다는 걸.

너도 혹시 예쁜 여자친구를 쟁취하고 싶니? 그렇다면 네가 먼저 멋진 남자가 되어야 해. 여기서 멋짐은 꼭 외모만을 의미하는 게 아니야.

엄마가 생각했을 때 남자의 멋짐은 가오(폼?)야.

남자의 가오는 주로 말과 행동에서 뿜어져 나오기 마련이야. 너 엄마가 연예인 현빈 아저씨랑 조정석 아저씨를 왜 좋아하는지 아니? 그 아저씨들한테는 남자의 가오가 있어. 당당하면서

사춘기, 올 테면 와봐

도 결코 가볍지 않은 위트와 행동거지. 그런 게 바로 남자의 기품이라는 거야.

너 엄마가 멋지고 씩씩하게 걸어 다니라고 했지. 우리 아들이 부디 가오 있는 멋진 오빠로 커주길.

엄마는 오늘도 우리 테이가 사대천왕 오빠가 되기를 응원해.

그런데 너 그거 아니? 요즘 사대천왕의 조건은 성적도 포함이더라. 여자애들도 이제는 똑똑한 남자들을 좋아하더라. 성적부터 신경 쓰도록 하자.

엄마의 첫 짝사랑에게

안녕? 그동안 잘 지냈니? 나야. 너의 스토커 천사.

아들에게 엄마의 사춘기 얘기를 들려주다가 네 생각이 났어. 중학교 3학년 때 아침마다 1004로 문자 보내고 매번 너희 집에 전화해서 네 목소리만 듣고 바로 끊은 범인이 바로 나야. 나중에서야 알았지. 너희 집 전화는 전화번호가 뜬다는 사실을. 최근에 내 아들이 좋아하지 않는 여자친구가 자꾸 귀찮게 한다고 욕을 욕을 해서 깨달았어. 내가 너에게 몹쓸 짓을 했다는 것을.

그땐 정말 미안했어. 네가 너무 좋았던 나머지 직접 고백할

50

용기는 없고 그렇게 스토커 짓이라도 하면서 나의 사춘기를 위로받았던 것 같아.

그 당시 내가 즐겨들었던 음악이 뭔 줄 아니?

영턱스클럽의 <못난이 콤플렉스>였어. 지금 생각해 보면 나도 참 멀쩡하게 생겨가지고 네 앞에서만 그렇게 찌질한 짓들을 했던 것 같아. 기억나니? 나 너만 보고 가다가 빙판길에서 넘어졌잖아. 그때 너는 진짜 멋있었어. 그 후로도 너처럼 가오 있는 남자들은 찾아볼 수가 없었어….

여자들한테 그렇게도 인기가 많았으면서도 넌 항상 도도했지. 그래서 더 끌렸던 것 같아. 쉽지 않아 보여서. 네 옆에도 잘생긴 친구가 또 하나 있었던 것 같은데 너희들이 붙어 다니면 후광이 번쩍거렸어. 여자애들을 그렇게 애타게 만들더니 어떤 여자를 만났어? 너무 궁금하다. 나는 네 덕분에 처음에 눈을 많이 높여놔서 다행히 잘생긴 신랑을 만나서 잘 살고 있어.

진짜 궁금한 게 있는데 너 왜 학원 자습실에서 자꾸 내 앞에 앉았어? 사람 설레게. 그리고 내가 너 군대 갔을 때 싸이월드에서 좋아했었다고 쪽지 보냈었잖아. 그때 기분이 어땠어? 찌질하게 좋아했었다 과거형으로. 지금 생각해도 어처구니. 차일까 봐 소심해서 그랬어.

여전히 아디다스 점퍼를 자주 입니? 내 아들도 너처럼 입혀

사춘기, 올 테면 와봐

보려고. 나중에라도 친정에서 널 우연히 보면 나는 반갑게 인사를 할 수 있을까?

몇 년 전에 널 얼핏 본 것 같은데 부끄러워서 그냥 지나갔어. 우리 엄마가 그러셨거든. 여자는 결혼하면 외간남자랑은 눈도 마주치는 거 아니라고.

내 사대천왕. 넘버원. 케이 군! 좋은 추억을 남겨줘서 고마워. 내 아들도 꼭 너같이 도도한 사대천왕이 됐음…. 좋겠다. 안녕. 내 첫 짝사랑.

(그런데 네 얘기 책으로 좀 써도 되겠니? 이미 썼어ㅋㅋ)

영화〈러브레터〉

　생각난 김에 오늘은 너에게 첫사랑에 관한 영화를 한 편 소개해 줄게. 엄마는 주로 옛날 영화들을 많이 보는 편인데, 그중에서도 가장 기억에 남는 영화는 〈러브레터〉야.

　엄마가 시나리오 작법을 배우러 다녔을 때도 이 영화를 주제로 많은 사람들과 이야기 나누곤 했었지. 그만큼 작가들 사이에서도 잘 만들어진 영화로 아주 유명한 작품이야.

　이 영화는 특히, 그 배경이 너무 아름다워서 여전히 회자되고 있지. 여주인공인 히로코는 어느 날, 남자친구 이츠키가 죽는 끔찍한 상황을 맞닥뜨리게 되지. 급작스러운 그의 죽음이 얼마나 슬펐겠니. 그렇게 그를 무척이나 그리워하다가 애틋한

　사춘기, 올 테면 와봐

그녀의 감정을 담아 그의 집으로 편지를 보내게 된단다.

그런데 놀랍게도 그녀는 죽은 그의 답장을 받게 돼. 알고 보니 이츠키의 전 여자친구 후지이 이츠키가 보냈던 거야. 그런데 그녀는 바로, 죽은 이츠키가 사랑하던 첫사랑이었어. 그녀와 히로코가 무척이나 닮았단 사실을 깨닫고, 죽은 남자친구 이츠키가 자신을 좋아했던 이유가 바로, 그의 첫사랑 때문이었음을 깨닫게 되지.

그래. 남자들에게 첫사랑은 그토록 애틋한 존재라고 하더구나. 이 영화는 그런 장면들을 아주 잘 표현해 냈어.

남자들은 첫사랑을 잘 잊지 못해서, 그녀를 닮은 여자를 만나서 사귀는 경우들도 실제로 많다고 들었어.

이런 현상들에 대해서 너는 어떻게 생각하니? 엄마도 그 심리가 이해는 되지만, 그렇게 사귀면 현재의 그녀에게도 예의가 아니지 않을까? 엄마는 매 순간 충실하라고 얘기해 주고 싶어. 늘 떠난 뒤에 후회하고, 그리워하는 사랑을 하지 말고, 현재의 그 사랑에 집중하고 최선을 다하렴.

누군가에게 최선을 다한 사람들은 헤어진 후에도 미련이 별로 없다는 사실을 알고 있니? 하지만, 지금에 최선을 다하지 못한다면 시간이 지난 뒤에 엄청난 후회를 하곤 하지.

그래서 더욱, 엄마가 너에게 최선을 다하는 거고.
우리 최선을 다해서 오늘을 살고, 서로를 사랑하자.

사춘기, 올 테면 와봐

흩날리다, 벚꽃

미소천사J

흩날리다, 벚꽃
내게로 왔다

꽃잎 하나하나 수놓아
너를 그려본다
그렇게
아로새긴 꽃잎에
내 사랑을 담아
또다시 네게로 띄운다

이 마음 고이고이 담아
사뿐히 잘 흩날리거라
흩날리다, 벚꽃
네게로 가라

제3화

우리의
에피소드

지금 시각 밤 10시.

나는 오늘도 대치동 사거리를 뚫고 있다.
꽉 막힌 도로 위를 엉금엉금 기어가는 내 마음은 또 심란하기만 하다.

차 안에는 조용한 발라드가 흘러나오고, 여느 때와 마찬가지로 머릿속에 온갖 잡다한 생각들을 한가득 짊어진 채로 페달을 밟는다.

요즘, 매주 월수금 밤 10시만 되면 난, 이렇게 아이를 데리러

대치동 사거리를 다녀가곤 한다. 그러기를 몇 달째, 하지만, 요즘
엔 내가 과연 잘하고 있는 건지 의구심이 들기 시작한다. 초등학
생에게는 너무도 가혹한 플랜이 아니었는지 반성하고 있다.

허나, 그런 의구심도 잠시, 그 시간에도 여전히 학원 앞에는
아이들을 픽업하려는 차들로 즐비하고, 끝나고 홀로 집을 향해
지친 몸을 이끌고 터벅터벅 걸어가는 아이들이 제법 많다.

수업 시간에 어려운 문제들로 난감하지는 않았을까? 온갖
뒤숭숭한 마음들이 뒤섞일 때쯤, 아이가 학원 앞에서 손을 흔
든다.
다행히 기분 좋게 차 안으로 올라타는 테이는 표정이 제법
괜찮아 보인다.

"오늘은 할만했어?"

"응."

여느 때와 마찬가지로 차에 올라타자마자 내 핸드폰을 덥석
집어 들면서 유튜브를 켜는 테이.
그래, 그 시간만큼은 너의 자유지. 난 조용히 라디오를 틀어

우리의 에피소드

놓는다. 그렇게 아이는 잠시나마 휴식을 취하면서 집으로 돌아온다.

집에 오자마자 간단히 씻고 바로 누워서 다음 날을 위해 잠이 든다.

하지만 그다음 날 아침만 되면 신경이 예민해져서 도저히 제시간에 눈을 뜨지 못한다.

아침밥도 제대로 못 먹고 신경질 가득한 채로 학교로 향하는 아이를 보면, 또 못내 안타깝기만 하다.

그렇게 아이를 학교에 보내고 오랜만에 책장 정리를 하다가 사진첩들을 발견했다.
사진을 한 장씩 넘겨보면서 그 시절의 너와 나의 모습들을 하나씩 떠올려 본다.

그 시절, 엄마 아빠는 참으로 젊었고, 상큼했단다. 신혼 때는 사진만 생기면 사진첩을 만들어 대기 바빴고, 그렇게 모아놓은 포토 북들이 제법 많이 쌓였단다. 오늘은, 너에게 엄마 아빠의 신혼 사진들을 보여주면서, 우리의 결혼 얘기를 들려줘야겠다고 다짐했지.

요즘 부쩍 싸울 일이 많았던 우리 부부가 어린 네 눈에는 어떻게 보였을까? 테이에게 적잖은 미안한 마음들이 몰려왔어.

아들아, 지금부터 엄마의 옛날이야기에 잠시만 귀를 좀 기울여 줄래?
이른 사춘기를 맞이하고 있는 너는 이제 엄마의 긴 이야기를 조금은 귀찮아하는 나이가 되어버렸지.

엄마는 여전히 너에게 하고 싶은 말들이 많은데, 우리 테이는 이제 친구들이랑 대화하는 게 더 좋고, 유튜버들 이야기에 더 귀를 쫑긋하는 나이가 되어버렸네.

두 눈 똥그랗게 뜨고, 엄마의 모든 이야기들을 귀담아서 들던, 그 시절이 못내 그립구나.

그 시절에 좀 더 너에게 엄마의 이야기를 많이 들려줄 걸 그랬나 봐.

엄마는 아빠의 '애기',
'아빠의 눈을 닮게 해주세요'

그렇게 사진들을 쭉 넘기다 보니, 테이 네가 처음 태어났을 때 사진들이 보이는구나.

아, 내 소중한 아기. 어쩜 이렇게 작았을까. 이렇게 작을 때가 있었구나. 엄마는 오늘도 새삼 그 시절이 못내 그리워지곤 해.

엄마 아빠는 2년 동안 아주 달콤하고 행복한 신혼을 만끽했어. 네가 태어나기 전 엄마는 아빠의 애기가 되어 엄청난 사랑을 받으면서 추억을 쌓았지. 네 아빠는 퇴근하고 집에 들어올 때마다

우리의 에피소드

"애기야!"

온 동네가 떠나가라 엄마를 부르면서 신나게 달려왔어. 아, 그립다. 믿기지 않겠지만 사실이야. 지금은 테이 너만 찾으면서 들어오지만.

그러던 어느 날, 그렇게 기다리던 네가 생겼고, 유산기가 있어서 임신 석 달까지는 매사에 늘 조심하면서 주로 침대에 누워서 지냈던 것 같아.

그렇게 누워만 있으니 딱히 할 게 없더라고. 그렇다고 막장 드라마만 주야장천 보고 있을 수만은 없잖아. 태교를 해야 되는데 뭘 어쩌라는 건지. 도무지 클래식은 체질이 아니라서 못 듣겠고. (피아노는 4년 배웠으나, 가요만 좋아함)

그때부터 육아서를 주문하기 시작했지.

그 당시에 엄마는 《태아는 천재다》라는 책을 우연히 발견하고 엄청난 충격을 받았어. 배 속에서부터 태교를 잘하면 내 아이도 천재가 될 수 있다는 내용이었어. 이게 가능한 일이라고? 그래도 밑져야 본전이니까 따라 해보자 마음먹었지. 일단 누워서 딱히 할 게 없으니 독서를 진짜 많이 했고, 아이의 두뇌 발달에 좋다고 하길래 손을 많이 써보자고 결심했어.

그래서 엄마는 주야장천 요리만 했어. 외식하다가 탈 날까 봐 외부음식도 한 번도 안 먹고, 커피는 일절 금지. 그렇게 먹는 음식에 특히 많은 신경을 썼어.

아침마다 평소에는 잘 먹지도 않던 사과가 그렇게 생각나는 거야. 일어나자마자 사과를 두 개씩 깎아 먹으니까 외할머니가 아무래도 딸을 임신한 것 같다고 말씀하셨지.
그래서 네가 딸인가보다 생각했어. 그런데 초음파 보러 가니까 딱 아들이더라고. 그때부터 빌었어.
'아빠의 얼굴과 키를 닮게 해주세요.'
어머나! 엄마 소원을 들어주셨는지 정말 아빠랑 붕어빵이 태어났어. 그땐 그렇게 서로 사랑했나 봐.

우리의 에피소드

너와의 첫 만남, 꽃보다 아들

엄마는 말이야, 어릴 때부터 면역력이 우주최강이라 잘 아파본 적도 없고, 수술 같은 건 다래끼 수술 말고는 해본 적이 없는 여자였어. 그런 내가 수술실로 들어가는데 얼마나 무서웠겠니.

부디 아이와 제가 살아 있게만 해주세요. 잔뜩 겁을 먹고 아픈 배를 끌어안고 수술실로 들어갔는데, 어찌나 두렵던지.

내가 이 짓을 또 하면 사람이 아니다 생각하면서 의사 선생님이 시키는 대로 모범생 엄마는 열심히 힘을 주기 시작했어. 정말 너무 힘들어서 세상이 노랗게 보인다는 그 말이 실감 나더라고.

"응애~~!"

드디어 네가 태어났어.

비위가 약해서 피를 보면 기운이 쭉 빠진다는 네 아빠가 엄마의 탯줄을 잘라주던 그날을 기억해. 아빠도 얼마나 많이 떨렸겠니.

네 아빠는 결혼식 날도 다리를 후들거리던 간이 콩알만 한 남자였어. 그 순간에도 저 남자 멘털이 과연 괜찮을지 너무도 걱정이 많이 되었지만, 다행스럽게도 네 아빠는 멋지게 탯줄을 잘라줬고, 그렇게 네가 세상에 처음 나왔어.

2.9킬로의 자연분만으로 태어난 너는 정말 커다란 눈만 동동 떠 있었어. 동그란 아빠 눈을 닮은 예쁜 아가가 드디어 아주 건강하게 태어난 거야.

엄마는 정말 세상을 다 얻은 기분이었어. 세상이 낯선 너는 눕기만 하면 하루 종일 울어댔고 그런 너를 네 아빠가 밤새 끌어안고 있었지.

넌 어릴 때부터 커다란 눈망울이 얼마나 예뻤는지 몰라. 그건 네 아빠에게 참 감사해. 너무 예뻐서 차마 화를 낼 수가 없을 정도였어.

모유수유 하는 15개월 동안은 정말 힘들었지만 참 행복했어.

우리의 에피소드

맘마 준다고 하면 좋아서 커다랗게 함박웃음을 지으면서 기어 오는 거야. 엄마는 문득 궁금해졌지. 혹시 계속 아빠라는 말을 해주면서 엄마의 입 모양을 보여주면 따라 하지 않을까? 시험해 보고 싶었어. 그래서 눈 마주치면서 '아빠'라는 단어를 계속 얘기해 줬는데, 세상에 6개월짜리 아가 입에서 진짜로 '아파'라는 소리가 나왔다면 믿겠니? 믿기 힘들겠지만 사실이었어.

엄마는 아직도 네가 그때 처음으로 아빠라는 단어를 얘기했다고 믿고 있어.

지금도 가끔 네가 엄마 말을 안 들어서 속상할 때면 아가 때 사진들을 찾아보곤 해. 그때 예쁜 짓을 거의 다 했나 보다며. 하지만 내 소중한 아들은 언제나 우리의 축복이야.

그때는 그저 건강하게만 자라다오가 소원이었는데, 엄마의 욕심은 그날 이후로 차오르고 또 차오르기 시작해서 그렇게 여기까지 온 거야.

쓰다 보니까 우리 테이한테 너무 미안해지는구나. 욕심이 그렇게 '0'으로 시작해서 지금은 한도초과직전이 되어버렸어.

너는 가끔 공부할 때마다 마녀로 변신하는 엄마에게 묻곤 하지.

"엄마~! 친엄마 맞아? 유전자 검사 하자~!!"

오죽하면 나를 의심했을까.

미안해, 내 아들. 그럼에도 불구하고, 오늘도 많이 사랑한다.

미안한 마음 가득 담아서,

오늘은 널 위해 맛있는 간식을 준비해 둬야겠어. 뭐가 좋을까? 그래. 오늘은 네가 좋아하는 김치부침개를 준비하기로 결심했어.

열심히 부쳐서 예쁜 그릇에 담아놓고, 오자마자 너를 놀라게 해야겠다고 결심했지.

요즘 급성장기라서 주는 대로 뭐든지 잘 먹는 너를 보면 어찌나 뿌듯한지 몰라.

벌써부터 이마에 좁쌀 여드름도 올라오기 시작하고 말이야.

원래도 아빠를 많이 닮았었지만, 클수록 더 붕어빵이 되어가는 너를 보면서 네 아빠는 얼마나 예쁘겠니. 여전히 눈에서 꿀이 뚝뚝 떨어지는 네 아빠, 그 사랑의 반을 다시 엄마에게 돌려준다면 더 좋을 텐데 말이야.

6개월간의 친정살이

출산이 처음인 엄마는 몸이 완전히 회복될 때까지 외할머니댁에서 산후조리를 했어.

덕분에 외할머니는 엄청나게 고생을 하셨지. 당최 애를 낳아봤어야 뭘 알지. 출산 후 6개월 동안은 하나부터 열까지 외할머니와 이모님의 도움으로 너를 키웠어.

내가 낳기는 했는데 목욕시키기도 무섭고, 아기가 다칠까봐 뭘 어떻게 해야 할지 모르겠더라고. 너무도 작고 앙증맞았으니까.

내가 해줄 수 있는 건 단지 모유수유밖에 없었단다. 처음에는 모유도 잘 나오지 않더라고. 그래서 마사지도 받고, 몸에 좋다는 음식들을 골라 먹으면서 애를 썼지.

아, 나는 그냥 분유를 먹여야 하나 포기하려던 찰나에 드디어 모유가 뿜어져 나오기 시작했단다. 그때부터 길고 긴 너의 모유수유가 시작됐단다. 자그마치 15개월이나.

울면 맘마 주고, 그렇게 다시 재우기를 무한 반복. 모유수유하는 동안은 잠을 푹 잘 수가 없으니 어찌나 힘들던지. 그런데 아직도 맘마 준다고 하면 방긋방긋 웃던 네 표정을 잊을 수가 없어. 가끔 그 시절이 못내 그립단다.

모유수유 하면서도 계속 아이와 눈 마주치고 얘기해 주는 거라던데 어린 엄마는 드라마만 보면서 그렇게 너에게 눈 맞춤을 많이 못 해준 것 같아서 조금 아쉽기도 해. 엄마가 그렇게 철이 없었어. 낳기만 하면 다 되는 줄 알았던 거지.

아기가 속으로 무슨 생각을 했을까. 이 엄마는 왜 나를 쳐다보지도 않고, 드라마만 보고 있나 싶었을 거야. 그래. 그땐 엄마가 그토록 어렸단다.

새벽마다 울어 재끼는 너로 인해 신경이 늘 곤두서 있었고, 힘든 모유수유로 체력도 바닥이 나 있었지. 그러던 어느 날, 증조할머니께서 말씀하시는 거야. "김 서방, 저렇게 혼자 둬도 되니?" 그때까지 엄마는 아빠가 주말마다 내려와 줬으니 큰 불평 없이 태평하게 잘 지내고 있었거든. 솔직히 너무 힘들어서 그렇게 6개월 동안 아빠를 거의 신경 못 쓰고 있었던 거야. 그런데 어느 날부턴가 미안한 마음이 들기도 했지. 그래서 다시 너를 데리고 서울로 돌아왔단다.

그렇게 6개월, 충분히 외할머니의 도움을 받고, 다시 집으로 돌아오던 그날을 기억해.

외할머니는 집으로 돌아가는 너와 나를 보면서 펑펑 우셨지. 애기가 애기를 안고 가니 걱정 반, 허전함 반이셨을 거야.

엄마는 그때 외할머니의 진심을 보았어. 원래 외할머니는 감정표현을 잘 하지 않는 분이시거든.

내가 봐도 외할머니는 매사에 얼마나 도도한지. 한 번도 그 고고한 자존심을 내려놓고 살아본 적이 없는 분이시란다. 그런 외할머니가 펑펑 우시다니, 너를 정말 많이 예뻐하셨고, 막상 간다고 하니 못내 서운하셨던 거야.

그래, 그렇게 백조 같은 고고함을 유지할 수 있었던 이유는 외할아버지 덕분이기도 했지. 외할아버지는 늘 외할머니의 비위를 맞춰주고, 싸우면 먼저 다가와 주시니까 그녀는 애써 본인을 굽힐 이유가 없었던 거야.

그래서 엄마는 세상의 모든 여자들이 그렇게 살아가는 건 줄 알았어.

그런데 아빠는 전혀 반대의 환경에서 자라왔던 거야. 친할머니가 참 온화하시잖아. 그래서 늘 할아버지의 비위를 맞춰주시며 살아오셨지. 그러니 여자는 다 그래야 한다는 고정관념에 사로잡혀 있었던 거야.

그렇게 서로 반대의 가정에서 수십 년을 살아왔으니, 신혼 때부터 얼마나 많은 갈등이 있었겠니, 안 봐도 상상이 되지 않니. 그래. 그렇게 우리 부부도 참 우여곡절이 많았단다.

그날, 집으로 돌아오는 차 안에서도 내내 걱정이 많이 됐어. 내가 과연, 너를 혼자 잘 키워낼 수 있을까?

우리의 에피소드

그 당시에는, 내가 세상에 태어나서 제일 잘한 일이 아빠를 만난 일이었고, 두 번째로 잘한 일이 너를 낳은 거였거든. 이 아이를 앞으로 어떻게 키워야 하지? 그렇게 고민이 시작됐어.

어머, 얘기하다 보니 벌써 네가 하교할 시간이 되어버렸네. 다시 너를 데리러 가야겠어.

어제 12시 가까이 잠들었으니, 7시간밖에 못 잔 건데 얼마나 피곤했을까. 오늘은 영어 학원도 녹화본으로 받고 좀 쉬게 해야겠다고 결심하면서 페달을 밟고 있어. 최근에 이런 이유들로 부쩍 영어 학원을 많이 빠져서 탑 반을 계속 놓치곤 했지.

못내 아쉽긴 하지만, 두 마리 토끼를 동시에 완벽하게 잡을 수는 없으니 일단은 수학에 좀 더 집중하자고 결심했지.

이렇게 학습량이 많이 늘어날 줄 알았다면, 쪼꼬미 그 시절에 여행도 많이 다니고, 여러 가지 추억들에 좀 더 많이 신경 써줄걸. 네가 커가면서 학원에 치여서, 가족여행 갈 시간도 줄어드는구나. 늘 지나고 나서야 깨닫는 이 뒷북은 어쩌면 좋은 거니. 하지만, 지금이라도 늦지 않았겠지?

후회하지 않도록

오늘 분리수거를 하러 가는데, 놀이터에 30개월쯤 된 쪼꼬미들 셋이 나란히 앉아 있는 거야.

어쩜 그렇게 귀엽고, 말도 잘 듣는 거니. 너도 저맘때쯤엔 정말 엄마 말이 법이었고, 초롱초롱한 눈빛으로 내 입만 바라봤었는데.

"어머, 너무 좋을 때네요."

엄마가 한마디 툭 건네니까, 그 아기 엄마는 아직은 잘 모르겠다는 듯이 "아 그래요? 얘들아, 지금이 좋을 때래, 그런데 엄마는 왜 이렇게 힘든 거니."라고 지친 표정으로 얘기했어.

그 시절, 엄마에게도 그런 말을 해주는 어른들이 많았어.

우리의 에피소드

지나가시던 할머님들도 "좋을 때다, 이쁠 때야." 선배 엄마들도 "여행 많이 다니고, 예쁜 추억들 많이 만들어요."

흔하게 듣던 소리였지. 그런데 참 신기하게도 그런 말들이 하나도 들리지 않는 거야. 당장 그날 목표했던 책들을 많이 읽어주지 못하면 자기 전에 늘 찜찜했고, 남들은 무슨 좋은 책을 사서 보는지 늘 육아 블로그와 서점을 클릭하면서 시간을 보내기가 일쑤였지.

그래, 그렇게 애쓴 덕분에 지금 네가 독서를 좋아하고, 집중력이 좋아진 거겠지.
엄마는 정말 후회 없는 36개월을 보냈어. 두 번 다시는 돌아오지 않는다는 걸 너무도 잘 알고 있었기 때문에.

내 인생의 실수는 괜찮았어. 하지만, 이건 어디까지나 네 인생이었으니까.
누군가의 인생에 개입해서 조력자의 역할을 해보기는 난생 처음이니까.

이 아이가 원해서 나에게 온 건 아니잖아. 본인도 본인의 운명이 어찌 될지 알 수 없는 상태로 그렇게 나에게 온 거잖아.

이 아이는 나로 인해서 보석이 될 수도 있고, 날아보지도 못하는 새가 될 수도 있는 거잖아.

엄마는 정말 부담스러웠고, 엄청난 책임감을 느꼈어.

누구는 아이가 본인의 분신 같다고 표현하잖아. 그런데 엄마는 그런 느낌은 아니었어. 그냥 내가 아닌 다른 사람이 널 키워냈다면 더 훌륭하게 잘 크지 않았을까, 행여나 나중에라도 너에게 그런 죄책감을 갖기가 싫었던 거야.

적어도 나는 할 수 있는 만큼 최선을 다했다. 그 시절을 떠올리면 정말 후회하지 않는다. 그런 말을 너에게 당당하게 하고 싶었어.

아무도 알아주지 않아도 매일 목이 터져라 책을 읽어주고, 꼭 끌어안고 15개월간의 모유수유 기간을 채웠던 것도 그런 이유에서였어.

좋은 육아서들을 보고 따라 해보기도 했고, 그렇게 너에게만 올인하기를 36개월.

물론, 엄마는 지금 생각해도 후회 없는 육아를 했다고 자신

79

있게 대답할 수 있어.

다만, 아쉬운 점들은, 조금 더 네 마음의 소리에 귀를 기울이
고 네 입을 바라봐 줄걸.
마주 보고 서로의 눈을 더 마주치고, 너의 감정들을 들여다
봐 줄걸.

'아, 이 아이는 하늘이 내린 축복이니, 무조건 잘 클 거야. 지
금 내가 완벽히 다 채워주지 못한다 해도, 나머지 부족한 점들
은 살아가면서 스스로 잘 채워나갈 수 있겠지.'

그렇게 조금만 더 여유를 가졌어도 참 좋았을 뻔했어.
나보다 너를 더 믿어줬어야 했어.

영유아기 뇌 발달의 중요성

영유아 시기에는 특히 뇌 발달에 신경을 많이 썼던 것 같아.

대뇌피질의 뇌세포가 다양한 경험에 의해 발달한다고 하잖아.

모든 경험들이 뇌 발달과 연결되기 때문에, 엄마 역시 너의 두뇌 교육에 엄청나게 신경을 썼어.

머리는 사용하지 않는 부분들이 퇴화한다고 하지. 그래서 왠지 이 시기를 놓치면 절대 안 될 것만 같은 강박관념 같은 게 있었던 것 같아.

여기저기 체험 여행도 많이 다니고, 다양한 미술활동을 통한

81 우리의 에피소드

오감 자극과 대근육 발달에 신경 쓴 신체놀이, 정서적 안정을 위해 노력했어. 거의 대부분을 껌딱지처럼 붙어 있었다고 해도 과언이 아니야. 덕분에 지금의 안정 애착이 형성된 거지.

아무래도 아이큐가 조금이라도 더 높아지면, 나중에 공부할 때 훨씬 더 수월하지 않을까? 하는 작은 욕심에 부지런히 두뇌 교육에 힘썼는데, 네가 크면서 점점 깨닫는 사실은 아이큐보다 더 중요한 건 근성과 습관 같더구나.

아무리 좋은 머리를 가지고 태어났다고 하더라도 노력 없이 이뤄낼 수 있는 일들이 과연 있을까?
우리는 너희들의 기본적인 두뇌 발달을 위해서 이만큼이나 애써왔으니, 이후의 노력은 너희들 몫이라고 생각해.

조기교육 마루타 되다

엄마도 정말 무수한 시행착오를 거치면서 너를 키웠던 것 같아.

첫애는 마루타라더니 그 말이 정말 맞더라고. 덕분에 넌 참 다양한 사교육들을 경험하곤 했지.

성격 급한 엄마가 조기교육에 꽂히면 어떻게 되는 줄 아니? 바로, 목표물을 향해 부나방처럼 돌진. 일찌감치 너를 통해서 교육에 좋다는 모든 것들을 직접 찍어 먹어보았지. 남들이 대신 찍어 먹어보고 얘기해 주는 것도 절대 믿지를 못해서, 일일이 다 스스로 음미하고 다녔어. 달면 삼키고 쓰면 뱉기를 무한

83

반복하면서 그렇게 너의 조기교육이 시작되었어.

생후 7개월쯤, 뭘 어떻게 해야 할지 몰라서 온몸으로 너와 놀아주면서 낑낑거리고 있는데, 어느 날, 너와 비슷한 시기에 출산한 친구에게 전화가 왔어.

"제이야~! 블루** 사자~!"

그때까지 뭐가 필요한지 잘 몰랐던 엄마는, 친구 얘기를 듣고 냉큼 주문해 버렸지.

그때부터였어. 육아용품의 신세계를 느낀 건.

각종 장난감에 그림책들이 오니까 네가 참 좋아하는 거야. 심심해하지도 않고, 그 전보다는 잘 울지도 않았어. 덕분에 나도 육아가 조금은 편해졌지. 그날부터 육아용품과 전집들에 의지하면서 너를 키워냈던 것 같아.

선배 맘들의 각종 육아서를 읽기 시작했는데, 그 안에서 하나의 공통점을 발견했지. 모두가 똑같이 독서를 강조하고 있었어. 엄마는 밀져야 본전이라고 생각하면서 하루 종일 시간 날 때마다 계속 동화책을 읽어주기 시작했단다. 그렇게 너는 독서에 길들여지기 시작했던 거야.

울다가도 책만 읽어주면 눈물을 뚝 그치는 아가였어.

프뢰* 책 중에서 네가 유난히 좋아하던 책이 있었는데, 정말 너덜너덜해질 정도로 내리읽어 줬어.

매일 동요를 불러주고, 그림책을 보여줬지. 특히 영어에 꽂혀서 늘 아침을 노부* 영어동요로 시작했어.

스피킹이 약했던 내가 마치 그 한을 너에게 풀기로 작정한 사람처럼 말이야.

덕분에 너는 또래들에 비해 유난히도 언어가 빨랐고, 총명했단다. 네 살 때 한글을 뗐으니, 언어가 상당히 빨랐던 건 맞지.

나는 여전히 너의 언어능력과 집중력이 독서의 영향이라고 믿고 있어. 내가 경험한 독서의 위대함은 실로 놀라웠어.

테이, 너는 인간의 '뇌'가 가진 신비한 위력을 알고 있니? 엄마는 너를 키우면서 인간 '뇌'의 신비함을 깨달았단다.

독서를 통해서 변해가는 너의 모습들은 정말 신기했어.

그래서 영유아기 엄마들을 만나면 무조건 책을 자주 보여주라고 강조하고 있지.

　　　　　　　　　우리의 에피소드

가끔 독서가 별로 중요하지 않다고 얘기하는 엄마들을 만나면 솔직히 이해할 수가 없단다.

곁에서 아이의 변화를 직접 관찰해 봤다면, 그런 말들을 할 수 없었을 텐데 말이야.

독서의 바다에 빠진 네 덕분에 유명하다는 모든 전집 시리즈들을 개똥이*에서 중고로 대량 구입해 대기 시작했고, 거실은 점점 서재화되어 갔단다. 각종 장르를 가리지 않고 들여놓기 시작했지.

36개월까지는 엄마와의 애착 형성이 너무도 중요한 시기이기 때문에 엄마는 널 잠시도 떼어놓지 않았던 것 같아.

지금 생각해 보면 나도 참 열정이 대단했던 거야. 그땐 또 나름대로 젊은 MZ엄마였잖니.

그 시기에 그런 것들을 못 해주면 마치 내가 부족한 엄마가 되는 것처럼 느껴졌거든. 어떤 책임감 같은 게 강하게 솟구쳤어. 엄마도 나 자신이 모성애가 그렇게 강한 사람인 줄은 처음 알았어. 외할머니가 모성애가 참 강하신 분인데 역시나 엄마도 똑 닮았더라고.

마치 무슨 미션을 수행하는 것처럼 전집들을 클리어해 나갔어.

엄마들 모임도 잘 안 나가고, 그래, 36개월 동안만 참자, 생각하고 네 곁에 꼭 붙어서 책만 낭독해 주면서 버텨냈던 것 같아. 아니, 버텼다는 단어는 어울리지 않는구나. 나름, 행복했으니까.

엄마는 자기애가 무척 강한 사람이었거든. 그래서 나를 희생하면서까지 무언가를 위해 애써본 적이 없는 여자였어. 그렇게 책임감과 근성을 가져본 적이 별로 없었던 것 같아.

그런 엄마가 아이를 낳고 180도 변한 거야. 내 몸이 으스러지게 너를 끌어안고 다녔고, 목이 터져라고 책을 읽어줬고, 밤잠 설쳐가면서 15개월 동안의 모유수유를 악착같이 실천했으니 말이야.

너를 데리고 산책로를 거닐고, 대공원에서 동물들을 구경하고, 끊임없이 노래를 불러줬던 그 시절은 힘들었지만, 그만큼 값지고 보람찼단다.

우리의 에피소드

덕분에 오늘날, 결국 득음을 해버렸지.

엄마의 자작시들과 글들을 낭독해 보면 어떨까? 라는 생각에 여기저기 검색을 해보니 마침 낭독 수업이 있더라고. 엄마는 그 자리에서 냉큼 결제를 해버렸단다. 어떤 수업일지 너무 기대되고 흥분되는구나.

독서교육의 중요성

여기서 잠시, 독서의 중요성에 대해서 짚고 넘어갈까?
요즘 입시에서도 국어를 강조하고 있지만 읽기 능력은 모든
학습의 기본이란다.

핀란드를 비롯한 다른 나라에서도 어릴 때부터 독서 습관을
키워주는 것에 엄청난 신경을 쓴다고 하잖니. 유아, 초등 시기
에 독서 습관을 잡아주지 않는다면, 그 후에도 책을 좋아하지
않을 가능성이 크고, 그렇게 학습의 기초가 되는 독서를 등한
시한다면, 그 위에 어떤 것도 쌓아 올릴 수가 없게 된단다.

엄마는 자기 전에 항상 거실에 책들을 쭉 깔아놓고,

"테이, 내일 네가 먼저 일어나면, 거실에서 책을 읽고 있으

우리의 에피소드

렴.”이라고, 속삭이면서 잠들었어. 그러고 나면 그다음 날 어김없이 너는 거실에서 혼자 책을 보고 있었지. 그렇게 읽기 독립이 시작됐던 거야.

어렸을 때 영어, 수학에만 신경을 쓰다가 독서의 타이밍을 놓쳐서 이후에 고생하는 사례들도 많단다.

인간의 뇌는 직접경험과 간접경험을 잘 구분하지 못하기 때문에 독서를 통한 간접경험들도 살아가면서 많은 도움이 되곤 하지. 네가 직접 여행 갔던 곳들이 아니라도 책에서 생생하게 묘사되어 있는 부분들을 보고, 마치 경험한 것 같은 착각이 들 수도 있는 거야.

그리고 가장 중요한 목적은, 엄마는 네가 성인이 돼서도 책을 좋아하는 사람이면 좋겠어. 똑같은 시간을 좀 더 가치 있게 활용하는 네가 되었으면 하는 게 엄마의 작은 바람이야. 아는 만큼 세상이 보인다고 하잖니. 너무 고리타분한 얘기들 같지만, 세상을 살아가면서 가장 중요한 부분들이란다.

요즘 수학 학원 숙제들에 신경 쓰느라 네 독서 시간이 현저히 줄어들어서 못내 아쉽기만 해.

혹시나 책장이 문제집들로 가득 차 있어서 그런 건 아닌지, 조용히 반성해 보는 시간을 가졌단다. 내일은 책장을 좀 정리하고, 네 수준에 맞는 새로운 책들로 진열해 놓아야겠어.

우리의 에피소드

36개월, 힘들었지만, 화양연화

그렇게 사계절이 몇 번 바뀔 때까지, 경치 좋은 산책로를 혼자 유모차 끌고 걸어 다니는 게 엄마의 유일한 낙이었지.

꽃길로, 낙엽길로, 눈길로, 계절의 변화를 만끽하면서 그 길을 걷던 너와 엄마의 모습들이 지금도 파노라마처럼 스쳐 지나가곤 해. 참 어렸고, 예뻤고, 순수했지.

호기심 많은 너는 항상 유모차 안에서 주변을 둘러보기 바빴어.
그렇게 세상 밖으로 처음 나온 너는 얼마나 궁금한 게 많았을까.

보이는 대로 설명해 주고, 너랑 조잘거리면서 엄마의 그 길은 참 행복했어.

기억이란 필터를 거치면 행복했던 시절만 떠오르는 것 같아. 분명히 육아로 많이 힘들었을 텐데, 지금은 이렇게 감정의 기억에서 온전하게 사라져 버렸으니 말이야.

그때의 사진들을 보면 모두의 얼굴에 행복함이 묻어나오곤 해. 아빠도 지금보다 훨씬 더 온순했고, 엄마도 이토록 신경질적이진 않았으니 말이야.

그래. 그땐, 정말 달콤했어. 인생에 화양연화가 있다고 하면 엄마는 아마도 그 시절이 아니었을까. 아빠와 너를 데리고 그 장미꽃길 산책로를 행복하게 거닐던 그 시절 말이야.

오늘도 엄마는 그 시절이 그립고, 또 그립단다.

우리의 에피소드

한다, 안 한다

　　오늘도 엄마는 커피 한 잔을 들고, 음악을 들으면서 차 안에서 홀로 너를 기다리고 있어.

　창밖에는 비가 내리고 있구나.
　엄마는 비 오는 날을 좋아해. 물론, 따사롭게 햇살 내리쬐는 눈부신 날들도 너무 좋지만,
　비 오는 날도 나름대로 운치 있지 않니?
　네 아빠는 이런 날이 습하고 교통도 불편하다고 투덜거리곤 하지.

테이,

이런 날은 조용한 음악을 들으면서 따뜻한 차 한 잔을 들고 네 맘에 여유를 가졌으면 좋겠구나.

마음도 쉬지 않으면 아플 수 있다는 걸 알고 있니?

몸만 쉬어야 하는 게 아니야. 마음도 한 번씩은 브레이크를 걸어줘야, 더 단단해지는 거란다.

어린 나이에, 벌써부터 열심히 공부하기 너무 힘들지?

요즘 들어 부쩍 피곤해하는 너를 보면서, 엄마는 체력을 좀 더 키워줘야겠다고 결심했어. 그래. 다른 동네에서 자랐다면 조금은 더 즐겁게, 여유 있게 생활할 수 있었을 텐데, 가끔은 엄마도 너를 이 동네로 데리고 온 게 잘한 건지 의구심을 갖곤 해.

그 시절, 수십 번 고민하고 선택했던 결정이었음에도 불구하고 말이야.

하지만 결론은 언제나 후회하지 않는다로 생각의 종지부를 찍곤 하지.

너는 어떨지 모르겠지만, 엄마는 솔직히 말하면, 이 동네가 참 편해. 아, 여기서 좋다는 것과 편하다는 건 의미가 완전히 다르다는 거 알고 있지?

적당한 경쟁심들을 부추겨서, 스스로 동기부여를 해주는 환경들도 좋고, 너의 부족한 학습 구멍들을 그때그때 맞춰서 채워 넣기도 참 좋았거든.

우리의 에피소드

그래서 엄마는 엄마의 선택을 후회하지 않는단다.

너 역시, 앞으로 살아가다 보면, 고민과 선택의 순간들이 수도 없이 찾아오게 될 거야.

혹시나 그 고민이, 한다, 안 한다의 선택의 문제에 직면하는 거라면, 엄마는 무조건 해보라고 얘기해 줄 거야.

뭐든지 겪어보고 하는 후회가, 해보지 않고 하는 후회보다 훨씬 더 가치가 있다는 걸, 엄마는 이제 너무도 잘 알고 있거든.

우리가 할 수 있는 건, 그저 그 선택에 후회가 생기지 않도록 최선을 다해서 만들어 가는 일 아닐까.

테이, 찬란한 너의 앞날을 응원한다.

그렇게 오늘도 엄마는 너를 향해 달려가고 있어.

드디어, 자유 시간을 갖다

　그렇게 36개월간의 길고 긴 육아를 끝내고 너는 영어놀이학교에 입학을 했어.

　아직도 그날의 기억이 선명해. 드디어 네가 내 품을 벗어나서 첫 놀이학교에 가던 날.

　그토록 기다리던 순간이기도 했는데, 어찌나 가슴이 허하던지 말이야. 이제서야 진정한 자유가 생긴 건데, 너무 어색했어. 막상 혼자가 되니 뭘 해야 할지 잘 모르겠더라고.

　고민하다가, 가장 먼저 수영을 등록했지. 엄마는 물을 정말 무서워하던 사람이라서 엄마에게 수영은, 운전만큼이나 난제

　　　　　　　　우리의 에피소드

였단다.

하지만 꼭 수영을 잘하고 싶었어. 그래서 영화에 나오는 아름다운 여주인공들처럼 물속에서 우아하게 얼굴만 내민 채로 평영을 해보는 게 소원이었지.

결혼 전에 완전 생초보로 수영장에 처음 갔던 날을 아직도 잊을 수가 없단다. 그 첫날, 결국 코알라처럼 루프에 대롱대롱 매달리다가 강사님에게 혼나기도 하고, 다리에 쥐가 나기도 하는 등 운전만큼이나 갖은 굴욕을 다 겪었지. 그날, 남자 강사님의 찐웃음에 어찌나 부끄러웠던지.

그렇게 수영은 엄마랑 맞지 않나 보다 생각하며, 잠시 잊고 지내다가 굴하지 않고 두 번째 초급반에 도전했던 거야.

두 번째는 첫 번째보다 조금 나았어. 물에 대한 두려움은 사라졌으니까. 그렇게 킥판을 들고 발차기 연습을 하다가 자유형으로 넘어갔는데, 킥판 떼는 게 그렇게 무서운 거야.
물을 어찌나 많이 마셨는지. 그래서 결국 그 시절에도 킥판을 못 뗀 채로 발차기만 하다가 초급반을 마무리했어.

그리고 몇 년 전에 드디어 다시 초급반을 들어가서, 자유형을 마스터했단다. 이제는 킥판이 없어도 혼자 자유형과 배영은 잘할 수 있어. 하지만 여전히 우아한 자세는 아니란다.

자, 이제 남은 건 평영이겠지? 평영은 쉽게 늘지 않더라고. 그렇게 지난여름에 평영을 배우다가 또 그만두고 지금은 생각날 때마다 너와 함께 자유수영을 하러 가곤 하지.
어때, 언젠간 또 평영을 마스터하러 다시 수영장에 갈 엄마의 모습이 벌써부터 네 눈에도 훤히 보이지 않니?

하지만 엄마는 지금도 충분히 만족하고 있어. 여름마다 워터파크에서 가장 신나게 노는 사람이 엄마니까.
어릴 때는 물이 너무 무서워서 바닷가에 가도 발만 담그고 놀았는데, 이제는 온 가족이 함께 물놀이를 즐길 수 있음에 너무 감사해. 진정한 돌핀가족이 되어버렸으니까.

엄마가 수영을 못하던 그 시절에는 같은 초급반임에도 불구하고 수영을 쉽게 마스터하는 아가씨들이 어찌나 부러웠던지. 나만 운동신경이 둔한 것 같아서 매우 한심하게 느껴지고 자존감이 바닥을 치곤 했지.

그런데 그 아가씨들이 과연 그 초급반이 처음이었을까? 그 사람들도 엄마처럼 어딘가에서는 갖은 굴욕을 겪다가 돌고 돌아서 그 초급반에 온 상황일 수도 있는 거잖아.

엄마가 세 번째 초급반에 들어갔을 때,
"처음인데도 왜 이렇게 수영을 잘하세요?"
그렇게, 칭찬을 받았으니까 말이야. 그들은 엄마가 세 번째라는 사실을 전혀 몰랐으니 당연히 타고난 재능처럼 보였겠지.

테이, 항상 눈에 보이는 게 전부가 아니야. 그 사람들이 그때까지 어떤 노력을 했는지는 아무도 알 수 없는 거란다.

그러니까 가끔 다른 친구들이 너보다 시험을 잘 봤다고 해도, 너무 서운해하지 않았으면 좋겠어. 그 친구들도 무수한 시행착오를 거쳐서 그 자리까지 온 거잖아. 그들에게도 시험지에 비 내리는 날들이 있었을 거고, 그 시련의 과정들을 숱하게 겪어낸 노력의 산물인 거잖아.

그리고 또 하나 강조하고 싶은 말은, 뭐든지 쉽게 포기하지 말자는 거야. 즉각적인 성과가 나타나지 않는다고 해도, 꾸준히 하다 보면 언젠간 빛을 발할 날이 올 테니까.

얼마 전에 너는 수학시험을 잘 못 봤다고 이제 그만 볼 거라고 엄마에게 하소연을 했지.

그런데 테이, 과연 너는 그 시험을 위해 어느 정도의 노력을 했던 걸까? 최선을 다했다고 자신 있게 얘기할 수 있었을까?
그리고, 지금 네가 하는 노력들이 당장에는 좋은 성적을 만들어 내지 못할 수도 있어.
하지만, 몇 년 뒤에는 반드시 잘 영글어서 너에게 좋은 성과를 안겨줄 거라고 믿어야 해. 뿌린 대로 거둔다는 믿음을 가지고 인생을 살아간다면, 너 역시 삶에 대한 자세가 달라질 거야.

엄마가 한 가지 후회되는 점은, 그 시절에 엄마도 조금 더 엄마를 위한 자기계발을 했어야 했어.

내 가치를 올리고 틈틈이 무언가를 배우면서 그렇게 충만한 시간들을 보냈어야 했어. 돌아보니, 살짝 아쉽구나.
그 시절에두 어떤 엄마들은 아이를 키우면시 일찌감치 이것저것 자격증을 많이 따두는 등, 아이과 함께 동반성장을 하는 사람들이 많았단다.
엄마도 그랬어야 했어. 교육정보만 찾아보면서, 너에게만 집착하지 말고, 조금은 엄마를 위해서 그 시간들을 투자했어야

우리의 에피소드

했어.

그래서 후배 엄마들에게는 그러지 말라고 얘기해 주고 싶구나.

36개월 동안 충분히 애착 형성관계를 끝냈다면, 그 후엔 나 자신을 좀 더 들여다보는 시간을 가질 수 있기를.

그렇지 않으면 훗날 엄청난 후회를 하게 되거든.

아이가 서서히 독립을 하게 되고, 점점 엄마가 필요 없어지는 시기가 오게 되면, 그 허전함은 이루 말할 수가 없단다.

네가 훌쩍 커버리고, 이제 엄마의 잔소리들을 귀찮아하는 게 눈에 보이기 시작하니, 어느 날부턴가, 그렇게도 서운할 수가 없었어.

그래서 엄마는 출판을 하기로 결심했지.

테이, 엄마는 작가가 될 거야. 그렇게 글로 그림을 그려내는 사람이 되고 싶어. 누군가의 영혼을 촉촉하게 적셔주고, 내 안의 창의성을 끄집어내서 세상에 알리기로 결심했어.

인생에 완벽한 타이밍이란 게 과연 있을까? 모든 시간과 운이 맞아떨어지는 그런 상황은 쉽게 오지 않는다는 것을 깨달았어.

그래 바로 지금이야.

그렇게 다른 누군가도 엄마의 꿈을 보고, 또 다른 꿈을 꾸길 응원해.

그렇게 오늘도, 너와 함께 성장하는 엄마가 될게.

우리의 에피소드

영어놀이학교, 사설 영재원 입학

어릴 때부터 영어동요에 많이 노출되어 있던 너는 영어놀이학교를 상당히 좋아했어.

우려했던 것보다 훨씬 잘 적응했고, 너의 집중력은 그때부터 실로 놀라웠지. 유치원에서도 선생님들의 칭찬이 자자하고 유난히도 언어가 빨랐기 때문에, 주변에서 영재성 검사를 해보라고 권유받았어.

"어머 애기가 벌써 알파벳을 떼고 온 거예요?"

그 당시에는 그 한마디가 왜 이렇게 뿌듯하던지. 누군가의 칭찬 한마디에 마치 견장을 하나씩 다는듯한 기분이었지. 지금 생각해 보면 좀 부끄럽기도 하구나.

그래서 너를 데리고 사설 영재기관에 검사를 받으러 갔더니 상당히 높은 아이큐 지수가 나왔고, 그렇게 또 그 학원에 등록을 하게 됐지. 여기, 견장 하나 더 추가요.

그래, 엄마의 욕심은 그때부터 더 치솟기 시작했던 거야.

그날부터 어느 학원을 더 다니면 좋을지 고민하기 시작했고, 집 안은 또 새로운 전집들로 나날이 테이 서점이 되어갔지.

그 시절, 독서에 홀릭됐던 사람은, 비단 엄마뿐이 아니었어. 옆집 엄마, 앞집 엄마, 교육열이 높다고 판단되던 엄마들 대부분이 독서육아에 빠져서 집집마다 각종 전집들의 향연을 펼치곤 했으니까.

그런데 참 신기한 건 사설 영재교육원에 다니고 있었던 거의 대부분의 엄마들의 공통점이 어렸을 때부터 책을 매우 많이 읽어줬다는 거야. 그리고 유닌히도 아이에게 모유수유를 오래 한 분들이 참 많았어. 엄마도 15개월의 모유수유로 나름 뿌듯해하고 있었는데, 그 이상을 버텨낸 엄마들도 있었단다.

그렇게 신세계를 맛본 엄마는 또 매일, 교육정보를 뒤적거리

우리의 에피소드

다가, 결국, 그 동네에서 만족을 느끼지 못했고, 학군지로 이사를 가기로 결심을 했어.

네 아빠는 엄마의 결정을 쉽게 받아들이지 못했지만 엄마는 계속해서 아빠를 설득했지. 그렇게 우리는 인생에 있어서 아주 중대한 결심을 하고 결국, 대치동으로 이사를 가게 됐어.

몇 년을 사설 영재학원에 다니면서 너는 나름 즐거운 경험들을 할 수 있었어.
그곳에서 엄마는 전국의 많은 엄마들과 소통을 했지.
지방에서 올라온 언어 똘똘이, 대치동에서 날리는 수학 똘똘이, 호기심 강한 과학 똘똘이 등등 다양한 분야의 똘똘이들을 참 많이 만났어.

대부분의 엄마들이 자기 아이들에 대한 프라이드가 엄청났어. 내가 직접 배 아파서 낳은 예쁜 내 아이가 영재일 수도 있다는 검사 결과를 받고, 어깨에 뽕이 들어가지 않을 엄마가 누가 있겠니. 어찌 보면 당연한 현상들이지. 무한 기대로 찾아온 엄마들이었을 테니.
실제로, 그 시절에 만났던 친구들은 지금도 여기저기에서 본인들의 기량을 마음껏 펼치고 있단다.

엄마는, 그 당시에 운전을 잘 못하던 시기였기 때문에 택시로 너를 이동시켜야 하는 어려움을 감수해야만 했어. 지금 생각해 보면 굳이 그렇게까지 할 일이었나 싶기도 한데, 그 시기에는 아주 특별한 경험이라는 생각이 들었거든.

그렇게 너는 그곳에서 수년간, 매주 소중한 추억을 쌓으면서 많은 것들을 배우고 경험할 수 있었지.

그때 네가 그곳에서 여러 가지 체험들을 했었던 경험도 물론, 소중했지만, 그 골목 카페에서 티타임을 하면서 만들어졌던 인연들이 지금까지도 그 만남을 이어가고 있으니, 엄마에게도 나름 애틋한 추억들이었지.

가끔, 그 카페에서만 맡을 수 있었던, 구수한 커피 향이 생각나곤 해.

우리의 에피소드

영어유치원 시작

　다섯 살 초입쯤, 학군지 엄마들의 영어유치원 공략이 드디어 시작됐어.

　그 당시 영재학원의 우리 반에서는 시험을 보고 들어가는 영재영어유치원이 붐이었는데, 그 비용이 만만치가 않아서 엄마는 언감생심 꿈도 꾸지 않고 있었지.

　그런데 사람 마음이 참 간사한 게 넷 중에 세 명이 그곳을 시험 봐서 붙어버리니 나도 한번 시험을 보게 해볼까? 수도 없이 흔들리더라고. 그래서 무작정 시험을 보러 갔는데, 네가 한 번에 패스해 버렸어.

놓치기 너무 아까운 기회였지.

그래서 간신히 네 아빠를 설득해서 결국 너를 그곳에 입학시켰고, 사교육의 신세계를 맛본 엄마는 그때 잠시 불이 붙었었지.

주변에서는 무슨 과외를 했길래 한 번에 통과했냐고 물어봤지만, 진심으로 엄마는 너에게 과외 같은 건 시키지 않았어.

그저 노부*으로, 챕터북으로 노출시켰던 게 전부였지.
네 살 때, 한글을 좀 빨리 뗐던 너였기 때문에, 파닉스의 원리를 가르쳐 주는 건 제법 수월했어.

한글 공부를 어떻게 시켰냐고? 자음과 모음의 발음 원리를 네게 계속 가르쳐 주고 이해시켜 줬더니, 제법 잘 따라 하더라고. 엄마는 그때 다시 한번 독서의 힘이 엄청나다는 것을 느꼈어. 엄마가 그때까지 너에게 해줬던 건 하루 종일 열심히 책 읽어주는 일밖에 없었으니까.

그래. 그렇게 너는 한글을 유난히도 빨리 떼고 영어유치원에 입학하게 됐던 거야.

하지만, 주변을 둘러보니 무리해서 영어유치원을 보내지 않

우리의 에피소드

아도, 영어 독서와 DVD를 통해서 충분히 그 실력을 뽐내고 있는 아이들도 참 많더구나. 그 시절에는 그 길이 전부인 줄만 알았는데, 나중에 알고 보니, 참 다양한 방법들이 많더라고.

혹시 형편이 좋지 않거나 시간이 없는 친구들이라면, 영어 독서를 통해서도 충분히 영어 실력을 끌어올릴 수 있다고 얘기해 주고 싶어. 역시나 영어 또한, 독서로 다 해결할 수 있었던 거야.

그 당시에는 그렇게 늘 미션을 수행하듯 살았던 것 같아.

그런데 한글을 일찍 떼고 나니 그때부터가 진정한 학습의 시작이더라고. 할 줄 아는 게 늘어나니까 문제집들의 향연이 펼쳐지기 시작했지. 그날부터 너는 서서히 문제집의 세계로 문을 열고 들어왔어.

그렇게 전집들로 가득하던 테이 책장은 수학문제집들로 조금씩 바뀌기 시작했어. 정말 온라인서점에서 얼마나 많은 문제집들을 구입했는지. 결국 제 학년에 못 푼 문제집들이 너무 많아서 친구들에게 넘겨버리는 과오를 범하기도 했어.

영어와 수학, 그 시작

　그 당시에 사교육 욕심이 너무 과했음을 인정해. 영어유치원, 수영, 바이올린 등등 그 시절에 썼던 교육비는 과히 상상을 초월했어.

　사교육 시장에 처음 입성했으니 얼마나 흥분상태였겠니. 눈에 보이는 모든 교육을 다 시켜주고 싶었고, 결국 또 마음먹은 대로 실천을 해댔지.

　영어유치원에서는 영어와 중국어를 같이 배웠는데 유난히 언어 인지능력이 빨랐던 너니까, 상당히 쉽게 흡수했어.

　솔직히, 엄마는 견장이 몇 개 더 올라가서 자존감이 이루 말할 수 없었어. 지금 생각해 보면 역시나 참 부끄럽단다.

111

고등학교 선배 맘들이 그런 엄마들을 보면서 얼마나 철이 없다고 느꼈을까. 이제 와서 돌이켜 보니 엄마 역시, 손발이 오그라들 정도로 민망하구나.

어쨌거나 나름 바쁜 5세를 보내고 6세 때부터 수학을 달리기 시작했단다.

지금도 그렇지만 그 당시에도 사고력 수학이 유행이었어.
너도 부지런히 사고력 수학을 배우러 다니기 시작했지.
물론, 엄마가 가르쳐 줄 수 없다면 학원에 보내는 것도 나쁘지는 않지만, 꼭 기관을 의지하지 않아도, 집에서도 얼마든지 쉽게 해줄 수 있으니, 형편이 좋지 않다면 서점의 문제집들을 사다가 엘리** 같은 인강을 참고하면서 조금씩 풀어보는 방법을 추천하곤 해.

그 시절에는 사교육을 안 하면 마치 큰일 나는 것처럼 미쳐 있었다고 해도 과언이 아니야. 그런데 그런 현상들이 비단, 엄마뿐만은 아니었다는 게 팩트야. 그냥 교육을 시작하는 그 시점에는 엄마들이 너나 할 거 없이 모두가 한마음이 되어 줄줄이 비엔나소시지처럼 따라다니거든.

옆집, 앞집 엄마가 그러고 다니면, 안 해도 되는 나까지도 덩달아 그렇게 휩쓸리게 마련이지. 학원 하나 끊어내는 게 왜 그렇게 힘들었는지.

하긴, 이 또한 경험해 봤으니 아는 거겠지? 일일이 다 찍어 먹어보았으니 아쉬움 없이 이야기할 수 있는 것 같아.

물론, 다니면서 학습의 도움을 많이 받았던 곳들도 당연히 있긴 해. 하지만 뭐든지 지나침은 모자람만 못한 거란다.

그 당시에 너를 여기저기 다 데리고 다니던 엄마를 보고, 고등학교 자녀를 두신 선배 엄마들이 말씀하셨지

"제이, 내가 그거 다 해봤는데, 그렇게까지 많이 안 해도 괜찮아. 나 때도 그런 엄마들 많았다."

그때는 그게 무슨 뜻인지 전혀 실감을 못 했는데, 이제서야 깨닫고 있어. 역시 선배 맘들의 말은 틀린 게 하나도 없더라고.

그땐 그 조언들이 그렇게나 귀에 들리지 않더니, 역시 사람은 뭐든지 직접 경험해 봐야 느낄 수 있는 것 같아.

그 후로는 선배 맘들의 쓴소리들을 경청하면서 살고 있지.

누군가의 경험들이 때론 네 삶에 지대한 영향을 끼치기도 해.

우리의 에피소드

살면서, 너보다 앞선 경험을 한 사람들이 있다면 유심히 살펴볼 가치가 있다고 얘기해 주고 싶구나.

무조건적인 믿음의 중요성

엄마가 그 당시에 〈타고난 재능〉이라는 영화를 봤는데, 이 영화 속 주인공의 엄마에게 너무 큰 교훈을 얻어서 다른 엄마들에게도 꼭 추천해 주고 싶어.

이 영화는 삼쌍둥이 분리 수술에 성공한 의사 벤카슨의 실화를 바탕으로 그려낸 영화야. 그는 형편이 어려운 집에서 태어났고, 시험만 보면 항상 꼴찌를 하던 아이였어.

하지만, 그의 어머니는 그에게 항상 말씀하셨지. "네 머릿속엔 온 세상이 들어 있어. 눈에 보이는 그 이상을 보면 돼."그렇게 그에게 항상 자신감을 심어주셨고, 끝까지 믿어주셨어.

우리의 에피소드

그런 엄마의 영향으로 다소 위태로웠던 사춘기 또한 잘 이겨내고, 아주 훌륭한 의사로 성장했던 거지.

엄마는 이 영화를 보면서 참 많은 생각이 들었단다. 그리고 나도 저렇게 내 아이를 끝까지 믿어주어야겠다고 결심했지.

내 아이가 꼴찌를 하는 순간에도 믿어줄 수 있는 엄마가 과연 세상에 얼마나 존재하겠니. 하지만 그의 엄마는 무조건적으로 그를 믿었고 응원했어. 정말 감동이었지. 부모의 역할이 얼마나 중요한지 다시금 깨닫게 되는 계기가 되었어.

솔직히 학군지에 있다 보면 숱하게 갈등되기도 하고, 가끔은 그 믿음이 흐려지기도 하는 게 사실이거든. 그럴 때마다 이 영화를 떠올려야겠다고 다짐했단다.

그렇게 엄마는 오늘도 너를 응원해.

비록, 당장 눈에 보이는 성과가 나타나지 않는다 해도, 끝까지 너를 믿어줄 거야.

자식을 믿어준다는 거. 어찌 보면 세상에서 가장 쉬운 일 아니겠니. 세상의 모든 엄마들은 원래 고슴도치니까 말이야.

그날부터 엄마는 끝까지 너의 고슴도치 엄마가 되기로 결심했어.

제4화

현모삼천지교
메시지

시린 북쪽 나라 남자를 만나다

그나저나 엄마, 아빠가 어떻게 처음 만났는지를 먼저 알아야겠지?

엄마는 아주 보수적인 공무원 집안에서 태어났어. 외할머니는 엄마에게 항상 본인처럼 도도해야 한다고 강조하셨고, 그 쓸데없는 세뇌 덕분에 어렸을 때부터 연애가 참 어려웠지.

어딜 가나 참 밝았기 때문에 인기도 참 많았고, 마음만 먹으면 사귀는 건 참 쉬웠으나, 늘 석 달 이상 롱런을 유지하기가 힘들었어.

이유인즉슨, 이성이 가져다주는 그 불편함 때문이었지.

엄마는 지금도 이성이랑 편하게 대화하는 게 너무도 어렵단다. 그렇게 어색할 수가 없지.

여자는 절대 쉬워 보이면 안 된다는 집안의 가풍이 결국, 스물여덟이 되도록 연애도 제대로 하지 못하는 아가씨로 만들어놓은 것이지.

그래서 나는 이십 대 때도 주로 여자친구들하고만 소통하며 지냈어. 그런 내 틀을 처음 깨고 들어온 남자가 너희 아빠야.

내 생애 가장 예뻤던 스물여덟의 12월.

우린 소개팅으로 처음 만났고, 아빠는 엄마에게 첫눈에 반했단다. 나는 거기서 소개팅을 멈출 생각이 없었는데, 아빠의 부탁으로 연이은 소개팅을 중단해야만 했어.

그때도 역시 나는 그가 참 불편했고 또 석 달 밥이나 먹다가 끝나겠구나. 서른 전에 시집 안 가면 집에서 쫓겨날 텐데, 딱히 별다른 감흥 없이 하루하루를 보내던 찰나였는데 그는 내게 아주 적극적으로 다가왔지.

그렇게 기적의 백 일을 넘기며, 엄마에게도 생애 처음으로 편안한 남자가 생겼어.

어찌 보면 엄마는 제대로 된 연애를 해본 적이 없으니 그게 사랑인 줄 알고, 흐린 눈으로 아빠를 따랐으리라.

그런데 그 시절의 사진첩들을 보면, 그 당시에는 또 둘이 엄청 사랑을 했었더라고. 두 손 꼭 잡고 두 눈에서 꿀이 뚝뚝 떨어지고 있네. 누가 보면 꼭 〈노트북〉의 주인공들인 줄 알고 오해할 수도 있겠구나.

그 시절에 엄마는 사회생활이 너무 힘들어서 무척이나 예민했을 때였는데, 네 아빠가 그 짜증을 다 받아줬어.

한번은 나도 모르게 커피숍에서 아빠 어깨에 기대서 한 시간 동안 잠이 들었는데, 아빠가 계속 자기 어깨를 기대주고 있더라고. 엄마가 너무 곤히 잠이 들어서 깨우지 못했다는 거야. 얼마나 팔이 저렸겠니. 그런데 그걸 한 시간 동안이나 꾹 참고 있었더라고. 네 아빠는 그렇게 미련할 정도로 순하고 착한 남자였어.

늘 엄마에게 다 맞춰주고, 아낌없이 사랑해 줬지. 그래. 그 시절엔 아빠도 영화 〈노트북〉의 노아였지.

결혼 전, 엄마는 석촌호수 주변에서 살고 있었는데, 연애 3개월 만에 서울역에서 살던 네 아빠가 엄마 집 근처로 짐을 싸서 덜컥 이사를 와버렸어.

사랑에 빠지면, 부나방처럼 돌진한다는 의미를 그때 또다시 깨달았지.

그는 그때 뜨거운 남자였어. 너무 힘들어서 코피가 날 정도였음에도 불구하고 엄마를 보기 위해 한걸음에 달려오곤 했으니까.

엄마, 아빠는 그렇게 나름 불타는 연애를 했단다. 적어도 신혼 때까지는.

십오 년이 지난 지금? 지금도 뭐 나는 현재의 결혼생활에 딱히 큰 불만은 없단다. 그는 가장으로서 아주 성실하고, 너에게는 매우 자상한 아빠니까.

단지, 그때와 조금 달라진 점이 있다면, 그가 다시 조금씩 불편해지기 시작했다는 거.

그래도 나는 내 시린 북쪽 남자에게 항상 고맙고, 그를 많이 아끼고 있다고 (내가 설거지를 시키니, 밥을 하라고 시키니, 분리수거를 시키니, 내 나름대로 널 많이 아끼는 거야) 전해주고 싶구나.

참! 나 역시 첫 만남 그 카페 앞에서 뿔테안경의 스마트했던 네 아빠에게 첫눈에 호감을 느꼈었다는 건 안 비밀.

누군가 그러더라고. 신혼 때까지 달콤하게 저축했던 추억들을 가지고 남은 결혼생활들을 이어나가는 거라고.

맞는 말 같더구나. 엄마는 지금도 아빠와 다투고 나면 그때의 기억을 떠올리면서 위로받곤 해.

네 아빠가 가끔 홀로 동굴로 들어가 버리면 엄마는 정말 서운했지만, 테이 네 덕분에 그 허전함을 잘 견뎌낼 수 있었던 것 같아.

결혼을 하면 부부는 두 유형으로 나뉘더라고. 신혼 때부터 쭉 불타는 사랑을 하다가 안정적인 관계로 가는 유형. 또 하나는 신혼 때부터 싸우기 시작해서 쭉 불안정한 관계로 가는 유형. 이렇게 두 라인으로 나뉘는 것 같은데, 엄마 아빠는 어디쯤에 해당되는 것 같니? 엄청난 잉꼬부부는 아닌지라, 조금은 미안하기도 해서 감히 너에게 함부로 물어보기는 미안하다만, 나름대로 안정 애착으로 향하고 있다고 얘기해 주고 싶구나.

그렇게 지금은 비록 뜨거운 사랑의 유효기간은 지나버렸지만, 대신 안정적인 편안한 애착 관계가 형성되었으니, 이 또한 사랑의 또 다른 얼굴이 아니겠니.

이제는 인생의 동반자로서, 의리를 가지고 같은 곳을 바라보면서 나아가고 있지.

북쪽 나라 남편에게

미소천사J

안녕? 난 따뜻한 남쪽 나라에서 왔어요
아, 당신은 시린 북쪽 나라에서 오셨군요
잠시만, 처음엔 남쪽 나라에서 오셨다고
하지 않으셨나요?
아, 친해지고 싶어서 저를 속이셨군요
하나 이젠 상관없어요
내가 당신을 알아버렸으니까요
혹시 다시 당신의 나라로 돌아갈 생각은
없으신가요?
아, 제 온기에 취해서
돌아가는 길을 잃어버리셨다고요?
그렇다면 그냥 여기 계세요
내 온기를 당신께 나눠드리죠
당신의 한기요? 어머, 괜찮아요
정중히 사양합니다

시절인연

엄마는 오늘 너를 기다리면서 〈시절인연〉이라는 영화를 한 편 보았어.

테이 너도 혹시 '시절인연'이라는 단어를 들어봤니? 엄마는 이 영화를 통해서 좀 더 깊게 생각해 보는 계기가 되었지.

이 영화의 여주인공인 쟈쟈는 애인의 아이를 임신하였지만, 자신의 나라에서 출산 허가를 받지 못했기 때문에 결국 혼자 미국으로 오게 되지.

그녀는 그곳에서 부인 없이 딸아이를 홀로 키우고 있는 기사

프랭크에게 많은 도움을 받아.

쟈쟈의 애인은 크리스마스에 오겠다는 약속을 어기게 되고 결국 또 그녀는 프랭크와 행복한 시간을 보내게 되지.

늘 결정적인 순간에 그녀의 애인은 그녀의 곁에 없었던 거야. 대신 그녀의 곁에는 항상 프랭크가 있었어.

쟈쟈의 애인이 이혼을 하게 되고, 그렇게 그녀는 다시 중국으로 돌아가게 되지만, 끝내 프랭크를 잊지 못하고 진짜 사랑을 찾아서 돌아오게 된다는 내용이야.

"돈 문제가 아니야, 이제 당신은 내 마음속에 없어."
라는 명대사를 남겼지.

그래. 인연이란 그런 거야. 지금 내 곁에 있는 사람들이 소중한 거고, 그 시절이 지나면 또 자연스럽게 잊히는 인연들이 생기기도 하지.

그 시절에 소중하게 만났던 인연이라고 해서 '시절인연'이라고 부르는 거야.

엄마도 이십 대 때 친하게 지내던 친구들이 있었지만 지금은

127

잘 연락을 하지 못해. 대신 최근에 자주 얼굴을 보고, 연락을 하는 사람들과 또 다른 인연을 맺으며 살아가고 있어.

모든 인연에는 만남과 헤어짐이 있고, 흘러가는 대로 자연스럽게 너를 맡겨야겠지.

삶이라는 긴 여정 속에서 너는 앞으로도 무수한 인연들을 만나게 되겠지. 그중에는 좋은 인연도 있을 것이고, 반대로 상처만 받고 끝나는 인연들도 생길 거야. 인연설에 대해서는 두 가지 의견들이 공존하고 있어. "옷깃만 스쳐도 인연이다." 혹은, "스쳐 지나가는 모든 이들과 헤프게 인연을 맺지 말라."는 두 입장이 대립의 구도를 이루지. 너는 어떤 말이 더 맞는 것 같니?

엄마도 어렸을 때는 전자의 입장에 더 귀를 기울였고, 참으로 헤프게 인연을 맺곤 했어. 너도 알다시피 나는 사람들과 어울리는 걸 상당히 좋아하는 외향형 캐릭터잖니? 엄마는 그때, 세상이 온통 핑크빛인 줄 알았어. 나쁜 사람들은 정말 뉴스에서만 나오는 줄 알았고, 외할머니도 세상의 안 좋은 소식들은 다 차단시켜 주시면서, 그렇게 세상 물정 잘 모르는 공주님으로 곱게 키워주셨으니까.

그런데 그런 엄마가 성인이 되어 세상 밖으로 나오니까, 뉴스에서만 보던 그런 사악한 사람들이 정말로 현실에 존재하더라고. 실로 사기꾼들이 판을 치고, 온갖 범죄들이 난무했어. 아,

이게 실존하는 인물들이었구나를 깨닫는 순간, 세상이 무섭기 시작했어. 그리고 매사에 조심하며 살아야 한다는 걸 느꼈지.

슬프지만, 내가 생각했던 것만큼 세상은 핑크빛이 아니었던 거야.

그때부터 엄마는 사람을 함부로 사귀지 않았던 것 같아. 차라리 기존에 알던 인연들을 더 챙기고 유지하자로 인생관이 바뀌기 시작했어.

엄마가 살아보니 사람은 옛 사람이 좋다는 말이 맞더라고. 옛 사람들은 뼛속까지 나를 너무 잘 아니까 어떤 오해도 하지 않고, 나의 있는 그대로를 인정해 주거든. 구차하게 일일이 설명하지 않아도 마음을 다 읽어주는 그런 관계가 얼마나 편한지 너도 살아보면 느낄 거야. 새로 누군가를 만나면 또다시 나를 일일이 알려줘야 하고, 서로 잘 알지 못해서 생기는 그런 불편한 마음들이 다시 편해지기까지는 상당히 오랜 시간이 걸리거든.

실제로 엄마는 어이없는 오해도 받아봤고, 매번 난 그런 사람이 아닌데 너무도 억울했지. 정말 너무 속상해서 어찌할 바를 모르고 있었는데, 누군가 엄마에게 그러더라고. 그냥 흘러가게 내버려두라고. 일일이 나를 알아달라고 구차하게 설명하지 않아도, 시간이 지나면 진실은 다 드러나게 마련이라고. 그런데 지나고 보니 그 말이 진짜 맞더라고. 엄마는 어렸을 때 상당히 낙천적이라서 사람들이 다 엄마를 좋아하는 줄 알면서 살았다면 믿겠니? 얼마나 머릿속이 꽃밭이었으면 그랬겠니. 그러다 사회생활을 하면서 아, 나를 싫어하는 사람들도 있을 수 있다는 사실을 깨닫고 충격을 받았지.

우린 서로가 다들 너무 다르잖아? 살아온 방식들도, 추구하는 인생관들도 너무 다르니까 안 맞는 사람들이 존재하는 건 당연한 거야. 단지, 서로가 다를 뿐인 거란다. 그저 나랑 안 맞는 인연일 뿐인 거야. 엄마는 네가 흘러가는 인연들에 너무 연연하며 살지 않았으면 좋겠다. 모든 일에는 다 그렇게 흘러가는 저마다의 이유가 있더라고. 그 사람들을 다 네 곁에 남겨두지 않는 데에는 다 그럴만한 이유가 있는 거니까 너무 속상해하거나 자책하지 않았으면 좋겠어. 지나고 나면, 헤어져서 오히려 더 다행이었던 인연들도 있더라고.

그렇게 누군가는 너로 인해 상처를 받고 떠날 수도 있고,

또 다른 누군가는 너로 인해 인생의 즐거움을 느끼며 살아갈 수도 있겠지. 언제나 네 곁에서 널 사랑해 주고, 바라봐 주는 너의 인연들을 더 귀하게 여기는 사람이 되었으면 좋겠어.

진심은 통한다고 하잖니? 네가 먼저 진정성 있게 상대방을 대하면, 그들도 너에게 마음의 문을 열고 다가올 거야.

엄마가 그랬지? 사람은 항상 마음의 눈으로 바라봐야 한다고.《어린 왕자》의 명대사이기도 하지?

어른이 되어보니 그 말이 더 절실하게 와닿더라고. 마음의

눈으로 바라보지 않는다면, 말에 영혼을 담지 않는 상대방에게 기만을 당할 수도 있고, 사랑하는 누군가를 오해해서 떠나게 만들 수도 있는 거야. 항상 그 사람의 진심을 들여다보려고 노력하는 네가 되었으면 좋겠어. 그렇게 주변에 좋은 인연들이 넘쳐나는, 인복 넘치는 사람이 되길 바랄게.

그러려면 우선, 너부터 좋은 사람이 되어야겠지?

항상 나 자신을 들여다보고 내가 어떤 사람인지를 아는 게 상당히 중요한 일 같아. 물론, 엄마도 여전히 많이 부족해. 아마도 평생의 과제가 아닐까 싶어.

그런데 너는, 엄마보다는 좀 더 빨리 너 자신에 대해서 성찰하면서 살아갔으면 좋겠어. 늦어질수록 후회가 남는 삶이 되고, 그럴수록 자책하게 되는 건 너 자신이니까.

누군가 엄마에게 이런 말들을 자주 해줬더라면 참 좋았을 텐데라는 아쉬움이 많이 남아. 하지만 아직 엄마는 너무 젊으니까, 이제라도 깨달았으니 다행이지 않겠니?

어제보다 오늘 더 성장하는 우리가 되자. 오늘도 사랑한다.

현모삼천지교 메시지

천사와 악마

미소천사J

네 앞에 있는 **그 사람 안에는,**

항상 천사와 악마가 공존한다

그리고 그 둘은 깊은 잠에 들었다

당신은, 누구를 깨우고 싶은가

나는 그의 천사를 깨워서 함께 놀겠다

가끔 악마가 기웃거려도 절대 그 자리를 내어주지 않겠다

행여나, 내 안의 악마가 그의 악마와

손잡으려 하면, 단호하게 내치겠다

결국,

그의 선함도, 악함도, 나의 선택에 달렸다

부디, 그의 악마성을 깨우지 말자

우정에 대하여

쇼펜하우어는 말씀하셨지. 타인의 말이라는 게 얼마나 의미 없는 건지를 깨닫는다면 더 이상 그들의 생각 따위에 집착하지 않게 된다고. 요즘 내가 딱 스몰토크와 침묵 그 사이 어디쯤에서 서성거리는 것 같구나.

하지만, 한 번씩 금성인 친구들을 만나면 봇물 터지는 스몰토크가 그렇게도 즐거울 수가 없단다. 그녀들과의 수다는 언제나 달콤해. 각종 가십에 신랑들 욕 한 바가지 애들 푸념 등등 딱히 남는 게 없을 대화들이지만 정신건강엔 이보다 더 좋을수가 없지. 때문에 내 친구들이 너무 소중하단다.
'친구 없이 어떻게 살아?'

딱히 친한 친구가 없어 보이는 네 아빠가 가끔 참 불쌍해.

덕분에 가정적인 건 너무도 다행이지만 나이 들수록 시린 북쪽 남자의 친구 역할까지 내 몫이 되어버린다는 불안감이 엄습해 온단다. 내가 데리고 놀아줘야 하나 댕댕이를 한 마리 안겨줄까.

'그러니까 내가 그 예민한 성격 좀 고치라고 했지! 나니까 포용해주고 사는 거야.' 선심을 좀 써줘야 할지 네 아빠 하는 거 봐서 결정해야겠어. 부부는 반대끼리 만난다더니 정말 맞는 말 같구나.

테이, 너 역시 부디 좋은 친구들이 주변에 많이 생기길. 인생을 살면서 어떤 상황에서도 내 편이 되어줄 수 있는 친구들이 한둘쯤은 있다면, 그 사람의 인생은 성공한 삶이라고 하지.

사춘기 무렵부터 너 역시 슬슬 또래집단에 소속되면서 엄마 아빠보다 친구들을 더 좋아하는 시기가 오겠지. 그렇게 너희들만의 리그가 형성될 거야. 엄마도 중학교 때부터 유난히 친구들한테 집착했던 게 생각이 나는구나. 그 시절엔 그렇게 친구들이 더 좋더라고. 엄마 아빠는 내 마음을 잘 몰라주는 것 같고, 더 이상은 대화가 통하지 않는 느낌이었으니까. 점점 가족 여행도 귀찮아지고, 재미없게 느껴졌던 것 같아. 지금 생각해 보면 외할머니와 외할아버지가 무척 서운하셨을 것 같아. 그럴 때마다 두 분은 "자식은 품 안에 있을 때만 내 거야. 너무 서운해하지 말자."는 말씀을 하시면서 서로를 위로하셨지.

너도 머지않아 친구들의 둥지로 날아가겠지. 생각해 보니 벌써부터 못내 서운한 걸 어쩌니.
그래도 네가 행복한 너의 시절을 마음껏 만끽할 수 있다면 엄마 아빠는 조금 서운해도 괜찮아. 어찌 보면 앞으로 친구들이란 존재는 부모님만큼이나 중요한 의미가 될 거야.

네가 나중에 결혼을 해도 친구들은 영원하거든. 오히려 엄마 아빠보다도 더 오래 너를 만날 사람들이니까 부디 좋은 인연들을 만들어 가길 기도할게.

내가 생각하는 좋은 친구란, 서로의 발전을 응원해 주는 긍정적인 관계를 의미해. "사촌이 땅을 사면 배가 아프다."는 우리나라 속담이 있잖아. 그렇게 서로를 시기하지 않고, 너의 기쁨을 함께 축복해 주고, 슬픔을 위로해 줄 수 있는 그런 귀한 인연들을 꼭 찾길 바라.

보통 끼리끼리 만난다는 속담이 있지 않니? 그 사람의 친구들을 봐야 그 사람을 알 수 있다는 말이 있듯이, 네가 어떤 사람이냐에 따라서 주변 친구들도 많이 달라질 거야. 네 성격과 취향에 따라서, 한 살 한 살 나이를 먹으면서 조금씩 주변 친구들이 변할 수는 있겠지. 엄마가 항상 강조하듯, 새로운 인연들도 소중하지만, 옛 사람들을 더 가치 있고 귀하게 품어나가는 네가 되었으면 좋겠어.

엄마도 사춘기 때 또래집단에 홀릭되면서, 친구들과의 관계로 상처도 받아보고, 그렇게 다양한 경험들을 하면서 성숙해 나갔던 것 같아.

고등학교 때 우리 반에 공부도 잘하고 예뻤던 친구가 있었는데 그 아이가 얼마나 부럽던지, 솔직히 시샘도 나고 부러워했던 기억도 떠올라.

그런데 대학생이 되고 여러 가지 활동들을 시작하면서, 그 친구 못지않게 엄마에게도 장점이 많다는 사실을 깨달았을 때, 그 시절에 내 장점을 보지 못하고 친구만 부러워했던 그 시간들이 너무 아깝게 느껴지더라고.

살다 보면 너보다 잘난 친구들도 많이 등장할 거야. 그럴 때마다 내가 가진 장점에 더 집중하면서, 타인을 부러워하는 시간들로 네 인생을 허비하는 일이 없었으면 좋겠구나.

우리는 너무도 많은 시간들을 타인과 비교하며, 현재의 소중한 시간을 낭비하곤 하지. 부디 너는 그러지 말았으면 좋겠구나.

진정한 우정이란 서로의 장점을 먼저 보아주고, 가끔은 진심 어린 조언도 따뜻하게 건네줄 수 있는 사이라고 생각해.

네가 잘못된 길로 갈 때 부모님들 대신 바로잡아 줄 수 있는 관계라면 더할 나위 없이 믿음이 가지 않겠니?

이십 대 때 회사생활이 너무 힘들고 고돼서, 한 친구에게 푸념을 했더니, 그 친구가 "제이, 나도 너와 똑같이 힘든 경험들을 했지만 잘 버텨냈으니까, 너는 나보다 더 잘 이겨낼 수 있을 거야."라고 한마디 툭 던져주는데 얼마나 고마웠는지 몰라.

아 모두가 나처럼 힘들었던 거구나. 누군가가 나를 공감해 주고 응원해 준다는 건 정말 얼마나 큰 축복인지. 살다 보면 너도 그런 고마운 친구들을 많이 만나게 될 거야. 그리고 너 역시 그 친구들에게 고마운 친구가 될 수 있기를.

남자들에게 중요한 건 의리 아니셨니? 엄마 역시 친구 간에 가장 중요한 건 의리라고 생각해. 내가 어떤 상황에 처해 있든지 항상 날 응원해 주고, 내 편이 되어주는 그런 사람들은 돈 주고도 못 사는 소중한 인연이란다.

나를 더 성장하게 만들고 서로의 발전을 응원해 주는 관계라면 더할 나위 없이 좋겠지. 네 나이 때는 친구의 영향을 정말 많이 받기 때문에 상대방의 가치관은 아주 중요해.

좋은 친구들이 있다면 네가 먼저 다가가서 인연을 만들어 나가는 것도 중요한 것 같아. 엄마는 항상 먼저 연락하는 캐릭터라서 몇십 년 지기 친구들과 아직도 꾸준히 잘 지내고 있어. 너도 알지? 엄마가 이모들 만나서 가끔씩 술 한잔하고 들어오는 거. 그 시간들은 정말 꿀맛이거든.

내가 먼저 꾸준히 자주 연락하지 않았다면 이렇게 오래 유지할 수 있었을까? 인연은 만들어 나가는 거라고 생각해. 누군가가 다가올 때까지 기다리는 사람이 되지 말고, 네가 먼저 적극적으로 다가간다면 친구들도 네 진심을 알아주는 날들이 있을 거야.

하지만, 친구를 절대 너의 소유물로 여겨서는 안 돼.
중학교 때 한 친구가 갑자기 다가오더니,
"너는 베프 누구야? 난 너로 정할 테니까 너도 나 하나였으면 좋겠어."
라면서 통보를 하는 거야. 그 당시 엄마는 주변에 친구들이 많아서 딱히 베프라는 개념이 없던 상태였거든. 무척이나 당황스러웠지. 더군다나 내가 딱히 좋아하는 친구도 아니었거든. 그 친구는 그냥 일방적으로 자기 입장에서만 생각하고 나를 소유하고 싶었던 거겠지. 단짝 친구를 만들고 싶었던 그 친구의 마음은 이해하지만, 그 후로도 그녀는 쭉 친구가 없었던 걸로 기억해.

그런 식의 태도는 상대방을 다 떠나게 만들 수밖에 없거든.

아무리 친한 친구라도 기본적인 예의는 서로 지켜야 그 관계를 오래 유지할 수가 있어.

우리는 흔히 편한 사이가 되면 오히려 더 만만하게 대하는 경우들이 많지. 특히 가족 간의 관계들이 그런 경우가 많아. 하지만 친구가 가족은 아니잖아. 한번 틀어지면 소중한 인연을 잃어버리는 경험을 하게 될 수도 있기 때문에 늘 서로 배려하면서 지내야 해.

그리고 혹시나 네가 실수를 했다면, 바로 사과를 해서 풀어낼 줄 아는 용기도 필요해. 우리는 순간의 자존심 때문에 화해할 타이밍을 놓치고, 그 관계를 잃기도 하지.

현모삼천지교 메시지

엄마 역시 오해가 쌓이고 쌓여서 소중한 친구를 잃어버린 경우가 있어. 그 시절 엄마가 많이 힘든 시기였는데 속으로만 끙끙 앓고 친구들에게 이야기하지 않았거든.

그런데 나도 모르게 가시 돋친 그 마음들이 친구들에게 전해졌던 거야. 그냥 내 상황이 지금 안 좋아서 너희들이 날 좀 이해해 줬으면 좋겠다. 이 한마디면 충분했을 텐데, 어린 마음에 나의 힘든 얘기를 하고 싶지도 않았고, 선인장 같던 엄마 마음에 찔려서 결국 그 친구들이 멀어졌지.

아마도 먼저 다가가서 화해를 요청하고 진솔하게 대화로 풀어나갔더라면, 지금까지도 잘 지낼 수 있었을 거야.

나에게 늘 그런 상황들이 자주 반복이 되니까, 엄마를 깊게 이해해 주던 친구가 어느 날, 그런 이야기를 해줬어.
"제이, 너는 갈등이 생겼을 때, 잘 풀어나가는 연습을 좀 해보자.
너는 다 좋은데 항상 그 갈등의 문턱을 잘 못 넘으니까, 네가 지금 연애가 자꾸 안 되는 거잖아."

그 좋은 친구의 한마디 덕분에 엄마는 지금의 아빠를 만나서 결혼을 하고, 주변의 친구들을 계속해서 유지할 수 있었던 것 같아.

누군가의 한마디는 네 삶을 180도 변화시키기도 해. 그렇기 때문에 주변 친구들이 매우 중요하다는 거야.

물론, 너 역시 그런 친구가 되어주어야겠지. 오래된 친구들이 왜 중요한 줄 아니? 그건 바로, 끝까지 참아주고 지켜봐 주었기 때문이야. 엄마의 철없음을 참아주고, 그저 묵묵히 나의 성장을 지켜봐 준 내 사람들에게 나는 오늘도 변함없이 고마움을 느껴.

수십 년 동안 내게 과연 서운한 점들이 없었겠니? 그럼에도 불구하고 그냥 지켜봐 준 거잖아. 나라는 인격체가 완성될 때까지. 누군가는 사소한 오해들로 못 버티고 내 곁을 떠나기도 하고, 색안경을 끼기도 했을 때, 그들은 그저 오랜 시간을 인내해 준 거니까.

그래서 귀한 인연이라고 부르는 거야.

그런 의미에서 오늘은 너에게 우정에 관한 영화를 한 편 소개할게. 바로, 〈그린 북〉이란 영화야. 이 영화는 여러 시상식에서 소개되기도 했었는데, 서로의 인종차별을 뛰어넘고 진정한 친구가 되어가는 과정을 그려놓은 이야기야. 평소엔 자신을 잘 드러내지 않는 셜리가 토니에게만큼은 솔직하게 다가가려고 노력하는 장면들을 보면서 진정한 우정이 어떤 것인지 너도 잘 느낄 수 있을 거야.

셜리와 토니는 달라도 너무 달라. 그런 토니가 몇 달 동안 셜리의 운전기사가 되어주지. 털털하고 자유분방한 토니, 완벽주의적 성향의 셜리.
서로 다른 성향을 가진 사람들끼리의 여행이었으니 얼마나 스트레스가 심했겠니. 초반엔 여러 가지 갈등들을 겪기도 해.
하지만 그들은 그렇게 상대방을 알아가고, 서로를 조금씩 닮아가게 되지. 토니는 안 좋아하던 음식을 먹기도 하고, 셜리는 그의 연애편지를 대신 써주기도 해.

사람이 사람을 만날 때는 항상 갈등이 존재하기 마련이야. 친구들 사이에 있어서도 갈등의 고비를 잘 넘겨야 우정이 더 돈독해진다는 사실을 알고 있니? 갈등이 꼭 나쁜 것만은 아니야. 누군가와 친해지는 과정에서 반드시 한 번쯤은 찾아오게 되는 고비 같은 건데, 그 고비를 잘 넘겨야 진정한 우정이 싹트게 되는 거란다.

그래, 스며든다는 건 그런 거야. 나도 모르는 사이에 서로에게 물들게 되는 거지.

마지막 장면에서 일정을 마친 셜리가 단호하게 토니를 떠날 때, 엄마는 너무 슬펐단다. 서로 얼마나 서운했겠니. 하지만 셜리는 서운한 마음을 내색하지도 못하고, 그냥 차에 올라타 버리지.

그렇게 집으로 혼자 돌아온 셜리는 너무 쓸쓸했지. 누군가 곁에 있다가 사라지면 그 허전함이 배가 된다는 사실을 알고 있니?

하지만, 외로웠던 셜리가 결국 다시 크리스마스 선물을 들고 토니네 집에 방문하게 됐을 때는 진심으로 감동이었지. 그들은 결국, 그렇게 서로 친구가 되어버렸던 거야.

친구라는 존재는 행복의 조건들 중에 하나지.

엄마는, 엄마 아빠가 나중에 이 세상에 없을 때도 우리 아들 곁을 지켜줄 친구들이라고 생각하니 벌써부터 너무도 고맙게 느껴지는구나. 앞으로도 네가 세상을 살아갈 때 부디 외롭지 않은 인생이 되길.

여백의 미

미소천사J

나는,

여백의 미가 있는 사람들을 사랑한다

완벽하지는 않아도,

그 십 프로의 여백을

솔직함으로 온전하게 채울 수 있는 사람들이 좋다

당신은 오늘도 내게

완벽하려 애썼지만,

그 안에서 나는

십 프로의 불편함을 보았다

조금은 흐트러져도 괜찮다

힘들 땐, 잠시 기대도 괜찮다

그렇게 내게 너를 맡겨도 좋다

언제나 서로의 여백을

진실함으로 채워줄 수 있는우리가 되자

지는 게 이기는 거야

"지는 게 이기는 거야."

어릴 땐 나도 이 말을 절대 이해할 수 없었어. 어떻게 지는 게 이기는 거야? 지면 지는 거지. 하지만 이제는 어렴풋이나마 그 뜻을 이해할 수 있을 것 같구나. 누군가에게 져줄 수 있다는 건 엄청난 용기이자, 아량이란다.

마음 그릇이 종지인 사람들은 절대 자신을 먼저 굽히지 않기 때문에, 져준다는 자체가 이미 대인배임을 증명하는 것이기 때문이지.

그리고 시간이 지나도, 상대방에게 져준 사람은 끝까지 본인을 좋은 이미지로 남겼기 때문에 후회가 없지만, 악착같이 상대방을 이겨먹기만 한 사람은 세월이 지나도 가슴 한켠에 그 사람에 대한 미안한 마음만 한가득인 경우가 대부분이야. (만일, 그렇지 않다면 당신의 인성을 되돌아보라) 지는 게 이기는 거야. 결국 맞는 말이었어. 아빠인들 저렇게 매번 이겨먹고 싶었겠니. 고개 숙이는 법을 배우지 못한 내 남자는, 결국, 관계의 주도권을 엄마에게 다 넘겨버린 격이 됐지.

경상도 싸나이인 그는 항상 내가 먼저 사과할 때까지 하염없이 기다리기 때문이야. 그리고, 나는 그런 그의 마음을 너무도 잘 알고 있어. 그 이치를 일찌감치 깨달아 버린 엄마는 부부싸움 후에 일주일 정도는 집안일도 안 하고 신나게 즐기다가, 내가 원하는 시기에 화해를 요청하고 상황을 종료시키곤 하지. 신혼 때는 신나게 카드를 긁기도 했어. 그리고 그게 너무 편해서, 가끔은 악용하기도 한다.

어때, 지는 게 이기는 거 맞지?

친구 간에도 마찬가지란다. 먼저 연락할 줄 알고, 먼저 화해의 손을 내미는 사람들이 그 관계를 리드하는 역할을 할 수 있는 거야. 먼저 손 내밀 줄 아는 사람이 관계의 주도권을 갖게 되는 것이지.

흔히들 상대에게 연락이 올 때까지 마냥 기다리기만 하잖아. 그렇게 먼저 연락하는 행위를 자존심 상하는 일로 생각하는 사람들도 적지 않단다.

내 삶의 주인은 나야. 왜 상대방에게 그 주도권을 다 넘기려 하는 거니? 가끔씩은 져주는 것도 삶의 지혜라고 생각한단다.

그런 사람이기를

미소천사J

누군가에게 끝까지 좋은 사람으로

기억된다는 건

아주 의미 있는 일인 것 같다

순간의 서운함을 참아내는

인내심과

앞을 내다볼 줄 아는 혜안을

갖추고 있을 때만이

비로소 가능해지는

일이기 때문이다

끝까지,

누군가에게 좋은 추억으로

남는다는 것

참으로 어려운 일이지만,

한 사람에게만큼은 끝까지 그런 사람으로 남고 싶다

그리고 당신 역시, 내가 그런 사람이기를

자존심, 자존감

　너를 키우면서 참 여러 사람들을 만났고 그렇게 깨
달았지. 자존감과 자존심은 서로 대립의 구도라는걸. 살면서
엄마가 본 자존감이 높은 사람들은 매사에 솔직해. 반면, 자존
심만 강한 사람들은 늘 자신을 포장하기 바빠. 자존감이 높은
사람들은 자신을 비롯한 타인을 존중할 줄 알지만, 자존심만
강한 사람들은 늘 상대가 자신의 발아래에 있길 바라.
　자존감이 높온 사람들은 늘 자신을 믿고 자기의 잘못을 살
인정하는 반면, 자존심만 센 사람들은 그 내면이 한없이 나약
하고 상대방에게 절대 고개 숙이지 않지.

　그리고 여기서 아주 슬픈 현실은, 네가 어떤 모습이든지 사

람들에게 결국 다 들킨다는 거야. 너는 어떤 사람이 될래? 엄마랑 아빠는 어디쯤 해당되는 것 같니? 너 역시 매사에 자존감 높고 당당한 남자가 되어주기를.

그렇다면, 자존감이 높은 사람이 되기 위해서는 어떻게 해야할까? 자존감, 즉 자아존중감의 사전적 의미는 자기자신을 존중하고 가치 있는 존재라고 인식하는 마음을 뜻해. 나 자신을 긍정적으로 바라볼 수 있어야 가능한 일이지. 그렇기 때문에 행복과도 긴밀하게 연결되어 있어.

나 자신을 존중하는 마음이 들려면 일단, 삶에 대해 긍정적인 마음가짐을 갖는 게 중요하겠지?

그리고 네가 사람들 앞에서 좀 더 당당해지기 위해서는 무언가의 목표를 가지고 열심히 도전하는 자세를 갖는 게 매우 중요해.

아무것도 시도하지 않으면서 타인만 부러워하는 사람들보다는 나 자신이 무언가를 해냈다는 뿌듯한 성취감이 있는 사람들이 아무래도 더 자존감이 높지 않겠니?

그렇게 자신의 판단을 믿고, 주변 사람들에게 휘둘리지 않는 태도를 가지는 일은 상당히 중요한 것 같아.

실로, 자존감이 낮은 사람들은 우울증에 걸릴 확률도 높다고 연구결과에도 나온단다. 반면 자존감이 높은 이들은 지나치게 인간관계에 집착하지도 않고, 본인의 취미활동을 즐기며 혼자 있을 때도 충분히 행복을 느낄 수 있기 때문에 우울증에 걸릴 확률 또한 낮아지지.

엄마도 학군지에서 너를 교육시키면서 많은 엄마들을 만나봤는데, 그녀들 사이에서도 자존감의 높고 낮음에 따라 아이를 교육하는 방식들에는 확연한 차이가 드러났어.

자존감이 높은 엄마들은 학원들의 마케팅이나 주변 엄마들에게 절대 휘둘리지 않고 소신 있게 자신들의 교육관을 고집하기 때문에 그녀들의 아이들 역시 정서가 건강하고, 매사에 일희일비하지 않는다는 특징이 있었어. 그런 엄마의 밑에서 자라는 그 아이들은 얼마나 행복했겠니.

반면, 자존감이 낮은 엄마들은 정말 수도 없이 마케팅에 흔들리고, 주변 엄마들의 교육 커리를 따라 다녀. 물론, 당장 눈앞에 보이는 결괴들은 더 좋을 수도 있겠지. 하시만 그녀들의 아이들이 과연 행복할지는 의문이란다. 끊임없이 비교당하고, 일희일비하는 엄마들의 감정에 시달리는 그 아이들이 과연 괜찮은 삶을 살고 있다고 볼 수 있을까?

엄마의 학창시절에도 유난히 자존감이 높은 친구가 한 명 있었어. 그 친구는 키도 작고 뚱뚱했는데 단 한 번도 자신의 외모에 대해서 비하하는 일도 없었고, 매사에 늘 당당했어. 대학을 가서도 원하는 남자들에게 당당하게 대시해서 연애도 잘했고, 특유의 밝고 긍정적인 성격 덕분에 어디에서나 사랑받고, 인싸의 역할을 했지.

엄마는 갑자기 궁금해지기 시작했어. 도대체 저 친구의 자존감은 어떻게 저렇게 높아진 것일까? 나중에 친해지고 나서 그 친구가 살아온 환경을 들어보니, 위로 오빠들이 많았기 때문에 늦둥이 막내딸로 커서 온 집안의 사랑을 듬뿍 받았던 거야.

워낙 높은 자존감으로 무장한 채 세상 밖으로 나온 그녀였기 때문에, 외부에서도 감히 그녀를 함부로 대할 수 없는 아우라 같은 게 있었던 거야.

엄마는 그때 양육 환경이 얼마나 중요한 건지 절실하게 깨달았어. 어렸을 때부터 충분히 인정받고 자란 아이들이 대부분 그렇게 자존감이 높더라고.

반면, 대학교 때 유난히 예뻤던 엄마 친구가 한 명 있었는데, 그 친구는 본인이 가진 조건들에 비해서, 늘 만나는 남자들이 그녀에 비해 별로였어. 누가 봐도 여자가 너무 아까운 연애만 하더라고. 알고 보니 그 친구는 항상 소극적인 연애만 했던 거야. 늘 자신감이 없던 그녀는 본인이 마음에 드는 사람들에게 적극적으로 어필할 줄 몰랐으니, 늘 다가오는 이성들만 상대할 수밖에 없었던 거지.

그녀는 남아선호사상이 강했던 집에서 태어났기 때문에 그녀가 얼마나 예쁘고 가치 있는 여자인지 잘 모르고 자랐던 거야. 집안에서도 여자의 존재를 하찮게 여기고, 멸시했기 때문에 본인이 가진 외모나 능력에 비해서 늘 하향지원 하는 선택을 했던 거지.

가끔 주변에 유난히 외모에 집착하면서 매달 성형외과를 들락거리는 여자들도 많이 보여. 내가 나 자신을 사랑하고, 삶을 풍요롭게 살아가고 있다면, 그렇게 외모에 집착하는 삶을 살지 않을 거라고 생각해. 인간은 누구나 노화되고, 더 이상 기술의 힘으로도 어찌할 수 없는 나이가 오기 마련인데, 점점 늙어가는 모습을 볼 때마다 그런 사람들의 마음이 얼마나 공허하겠니. 외모에만 집착하다가, 결국 우울증까지 오는 사람들이 꽤나 많이 있단다.

자, 이제 이쯤 되면 자존감이 살면서 얼마나 중요한 역할을 하는지 너도 깨달았을 거라고 믿을게.

그런데 자존감이 넘쳐서 나르시시즘까지 가면 안 된다는 사실은 잘 알고 있지?

참! 엄마 오늘 직접 봤잖아. 공주병이 어떻게 시작되는 건지. 너를 픽업하려고 대치동 그 비좁은 골목길을 뚫고 지나가려는데 앞차가 갑자기 멈추는 거야. 그러더니 한 아버님이 내리셨어. 바로 차 안의 누군가에게 손을 내미시더라고? 그때, 온몸을 핑크로 치장한 핑크공주가 정말 머리에 왕관을 쓰고 내려.

그런데 엄마가 그 핑크공주 표정도 봐버렸잖아. 거만하면서도 새침한 그 당연하다는 듯한 표정. 그때 깨달았어. 공주병이 저쯤부터 시작된다는 것을.

미용실 아줌마가 그러셨어. 남자들도 사춘기쯤부터 왕자병이 시작된다고. 그러던 어느 날, 거울을 보는 너의 표정을 보면서 깨달았지. 너의 왕자병도 다 엄마 탓이란 걸.

엄마가 대학교 때 어떤 남학생이 너무 잘생겨서 지나갈 때마다 뚫어지게 쳐다봤어. 그랬더니 그 옆에 못난이 친구가 막 따라오면서, "너 나랑 오다가다 계속 눈 마주쳤지? 나도 너한테 관심 있는데 혹시 다음 주말에 시간 어때?"

지금 생각해 보면 그게 다 왕자병. 당연히 잘생긴 자기 친구를 봤겠지 어떻게 본인이라고 착각을. 지금 생각해도 참 재밌는 에피소드야.

사랑, 그 도덕적 양심에 대하여

　살다 보면 말이다. 네 앞에 끊임없이 아이유 누나를 닮은 여인들이 등장할 것이다. 혹시 너는 매번 영혼을 갈아 넣으면서 따라다닐 거니? 엄마가 그랬지? 남자도 도도해야 더 멋있는 거라고. 뭐 결혼 전에 처음 한두 번쯤이야 젊은 패기로 열정으로 어떻게든 너의 여친으로 소유할 수는 있겠지. 그런데 말이다. 너 그거 아니? 네가 결혼을 해도 아이유 필 누나들은 계속 나타나.

　마치 결혼 전부터 엄마 앞에 현빈과 조정석이 수도 없이 스쳐 지나갔듯 너 역시 그러할 것이야.

　넌 그럴 때마다 어떻게 하겠니? 계속 흔들리면 되겠니? 아들아, 결혼 후에도 흔들리면 그건, 사회적으로도 문제가 되는 거야.

그리고 미안하지만 끊임없이 흔들린다면 그건 어쩌면 네 문제일 수도 있어. 그건, 네 마음이 깃털처럼 약하기 때문이야. 부디, 내면이 단단한 남자가 되어주길. 본디 사랑이란 게, 나도 모르는 사이에 훅 하고 스며들게 마련인데 그럴 때마다 가장 중요한 게 뭔 줄 아니? 바로, 도덕적 양심이야.

참을성, 절제랑도 관련된 말이지. 사람은 항상 자제력이 있어야해. 엄마는 네가 엄빠처럼 조금은 선비같은 기질이 있길 바라. 네가 아무리 많이 흔들려도 사회적 통념에 어긋난다면 너 자신을 끝까지 지켜내야 하는 게 맞아.

아이유 필 누나랑 사귀고 있는데 또 다른 아이유 삘 누나가 나타난다고 해서 둘을 동시에 사귈 수는 없지 않겠니? 부디 한 번에 한 명씩만. 차라리 깔끔하게 정리하고 만나렴. 남녀 관계에서도 가장 중요한 건? 그래. 바로 진정성이겠지.

요즘 너희들 시대에는 만남과 헤어짐이 아주 쉽다고 하더구나. 오늘 사귀었다가 내일 헤어져도 전혀 이상하지 않은 연애들을 한다고 들었다.

연애와 사랑을 장난으로 여기면 절대 안 된단다.

누군가와 인연을 맺기로 시작할 때는 조금은 신중했으면 좋겠구나. 사계절을 오롯이 함께 겪어보고, 그 사람을 통해서 나를 알아가는 과정들이 참 중요하지 않겠니.

쉽게 만나고 쉽게 헤어지면, 미처 나 자신을 깨닫지 못한 채로 삶이 흘러가게 마련이야. 그런 상황들이 반복되다 보면 결국, 결혼할 때까지 내가 어떤 사람과 잘 맞는지 파악할 수가 없게 되지.

엄마는 살면서 한 번도 양다리를 해본 적이 없어. 그것도 머리가 좋아야 멀티가 되는 거더라고. 아마 고지식한 아빠도 연애관은 엄마랑 비슷할 거야.

그러니까 결혼은 꼭 신중하렴. 어떤 아이유 필 누나가 나타나도 절대 흔들리지 않을만한 여친을 고르도록.
그러려면 먼저 너 자신에 대해 잘 알아야겠지? 네가 외모가 중요한 사람이면 예쁜 여자를 고르는 게 맞고,
성격이 중요한 사람이면 성격을 잘 봐야겠지?
외모보다는 성격이 더 많이 중요하다고 얘기해 주고 싶지만, 개인의 취향이란 게 있으니 어쩔 수 없이 그건 네 선택에 맡길게.

현모삼천지교 메시지

실로 요즘엔 이혼율이 엄청나다는 사실을 잘 알고 있지?

나날이 그 확률이 증가하고 있는 까닭이 무엇일까?

너 '사랑총량의 법칙'이라고 들어봤니? 결혼 전에 너의 사랑의 총량을 다 채우지 못하면, 결국 삼촌들처럼 스크린 속 아이돌 여주인공들에게 너의 남은 영혼이 끌려다니게 될 수도 있어. 그러니까 수능이 끝나는 그날부터 눈에 불을 켜고 너의 짝을 찾아다니렴. 뜨거운 사랑도 해보고 가슴 시린 이별도 반복해 봐야 네 사랑의 총량을 채울 수 있단다. 부디, 그들처럼 결혼 후에 쓸데없이 뒷북치는 일들이 없기를.

영화〈노트북〉

　　그런 의미에서 이번엔 엄마의 인생 영화를 한 편 소개할게. 바로 영화〈노트북〉이야.

　이 영화는 아주 오래전에 만들어졌는데, 진정한 사랑이 무엇인지를 아주 제대로 그려낸 영화야.

　가난한 집의 아들 노아와 부잣집 딸 앨리는 서로를 너무 사랑하지만 집안의 반대로 결국 헤어지게 되시.

　하지만 노아는 끝까지 앨리를 잊지 못하고, 그녀를 그리워하는 마음을 담아 자신의 저택을 새로 지으면서 끝까지 그녀를 기다려.

그가 미친 듯이 이 집을 수리하는 장면은 정말 보는 이의 마음까지 짠하게 했지.

죽도록 그리워하고 원망하기를 반복하는 그의 마음은 정말 지독한 사랑이었어.

엄마는 노아를 보면서 좀 지나친 게 아닌가 싶기도 했지만, 한편으로는 그런 사랑을 받는 앨리가 몹시 부럽기도 했어.

앨리와 론의 결혼식을 앞둔 어느 날, 앨리와 노아는 서로의 그리움에 이끌려 결국 다시 만나게 되고, 또다시 깊은 사랑에 빠지게 되지. 그렇게 그 둘은 쭉 서로를 잊지 못하고 있었던 거야.

중간중간에 그들에게 새로운 사랑이 다가오기도 했지만, 진실했던 그들의 사랑 앞에서는 다들 처참하게 무너져내렸지.

다시 만난 그들이 호숫가에서 배를 타고 데이트하는 장면은 정말 아름답단다. 기회가 되면 너도 꼭 보길 바라.

하지만 그렇게 행복한 결혼생활을 하다가 어느 날, 앨리가 치매에 걸리게 되고, 결국 같은 날 동시에 세상을 떠나게 되지.

그래. 진정한 사랑은 그런 거 아닐까. 엄마는 이 영화를 보고 나서 솔직히 결혼에 대한 가치관이 좀 바뀌게 된 것 같아. 누군가는 너무 비현실적인 스토리가 아니냐며 비웃을 수도 있겠지만, 이건 실화였어.

인생을 살면서 너도 저렇게 후회 없는 사랑을, 한 번쯤은 해봐야 하지 않겠니?
이 나이에 사랑에 대한 환상 같은 게 생겨버렸다고 하면 비웃을 거니?
엄마는 다시 돌아가도, 절대 사랑 없는 결혼은 하지 않을 거고, 오히려 그때보다 지금 더 진정한 사랑에 대한 기준이 높아진 것 같아.

사람들은 사랑을 하기 위해 결혼을 하지만, 결혼과 동시에 현실을 살아내느라 그 사랑을 망각해 버리기도 하지.

하지만 노아와 앨리는 끝까지 서로의 사랑을 소중하게 지켜나갔단다.

그렇게,
결혼은 꼭 진심으로 사랑하는 사람과 했으면 좋겠구나.
네가 사랑하는 사람이 동시에 너를 사랑한다는 건 기적이야.

그런 인연이 네 인생에 나타난다면 꼭 잡으렴. 엄마는 오늘도
너의 사랑을 응원한다.

감정표현에 솔직한 사람이 되자

네 아빠는 감정표현에 서툰 경상도 남자야. 할아버지 댁 가풍이 본래 남자는 남자다워야 하기에 결코 가벼워서는 안 된다는 뭐 그런 옛날식 사고방식에 사로잡혀 있는 거지.

아빠는 힘들어도 잘 내색하지 않고, 사랑표현에도 늘 서툴러. 그래서 가끔은 짠해. 미안한 일에도, 미안하다고 사과를 잘 못하고, 고마워도 잘 표현을 못하지. 처음엔 도무지 이해할 수 없었는데 이세는 안타깝더라고. 그런 본인은 오죽이나 답답할까 싶고 말이야. 마음으로 느껴야 그 사람의 진심을 제대로 볼 수가 있어. 아직은 네게 너무 어려운 말이지? 언젠간 너도 깨닫게 되는 날이 올 거야. 엄마는 말에 영혼을 담지 않는 사람들도 매우 싫어하거든. 온갖 미사여구를 붙여서, 귀를 혼란스럽게 하는 자들도 견제해.

그래서 오늘도 엄마는 감정표현에 서툰 아빠를 마음으로 보려고 노력하면서 살고 있어.

하지만 너는 감정표현에 좀 더 솔직한 사람이 되었으면 좋겠구나. 그렇게 상대방을 좀 더 편안하게 해주는 네가 되었으면 좋겠어.

아빠는 솔직한 엄마 덕분에 조금은 편해 보이지 않니?

매사에 싫으면 싫다, 좋으면 좋다. 그렇게 확실하게 의사 표현을 하니까 살면서 잔머리를 굴리지 않아도 되거든. 어찌 보면 네 아빠 같은 성격이 상대에 대한 배려심은 더 있을 수도 있겠지만, 자칫, 서로에게 배려심을 가장한 불편함이 될 수도 있어.

자, 엄마 아빠가 자주 싸우면서도 붙어사는 이유를 이제 알겠니?

친구들 사이에서도 감정표현이 분명한 사람들이 뒤끝이 없더라고. 앞에서 표현을 다 하지 않는 사람들은 종종 뒤에서 탈이 나는 경우들도 많단다. 조용히 잠수를 탄다거나 욕을 하고 다니면서 뒤통수를 치는 경우들도 있지.

그러지 말고, 네 감정을 상대방이 기분 나쁘지 않게 전달하는 연습을 해보는 건 어떨까?

이건 엄마도 참 어려운 부분들인데, 인생을 살아가려면 꼭 극복해야 하는 일들이기도 해.
너무 어렵다면, 일단 글로 적어서 연습해 본 후에, 대화를 신청해 보는 건 어떨까?
테이, 넌 잘할 수 있을 거야.

이제 그만 화 풀어요

김민정(미소천사J)

그대, 아직도 나에게 많이
화가 나 있군요
이제 그만, 그 화를 거두고,
나만의 수호천사로 돌아와 주세요

그렇게 계속
화가 나 있으면
당신도 모르는 사이에
마음의 빗장이 닫혀버려서
내가 아예 들어갈 수가 없잖아요

나 역시, 당신께 끝까지
좋은 모습만
남겨드리고 싶으니까요

여자들의 이상형

혹시 너 그거 아니? 엄마의 이상형은 예로부터 둘로 나뉜단다.

바로, 현빈 필 라인과 조정석 필 라인.

현빈 필 라인은 잘생기고 분위기가 있으며 남자답지. 조정석 필 라인은 남자답고 위트가 있어. 그리고 둘의 공통점은 바로 남자의 무게감이란다. 굳이 따지자면, 네 아빠는 현빈 필 라인 이란다. 늘 테리우스처럼 분위기를 잡고 있지.

너는 어느 라인에 서고 싶니? 어떤 남자가 되고 싶니? 물론 두 이상형을 섞어놓는다면 최고겠지. 그런데 미안하지만 그런 남자는 엄마, 아빠 DNA에서는 도저히 나올 수가 없단다.

엄마는 서서히 욕심을 비우기로 했어. 네가 좋알거리기 시작하던 그 시점부터. 누굴 닮았지? 생각해 보니 엄마가 말하는 걸 좋아하더구나.

엄마는 아빠가 아주 무게감 있는 남자인 줄 알았어. 그런데 어느 날, 낯선 부동산 아줌마들이랑 떠드는 모습을 보고 깨달았지. 엄마 아빠 사이에서 나오는 아이는 무게감이 있을 수는 없겠구나. 네가 어떤 모습으로 변화될지 엄마는 너무도 기대가 된다.

아직까지도 엄마 눈에는 여전히 베이비 같은걸. 내 눈에는 네가 최고 멋져.

하지만, 너는 조만간 세상이 공평하지 않다는 걸 느낄 거야. 왜냐하면 어딜 가나 여자애들에게 인기가 많은 남자애들이 전교에 한두 명씩은 존재하기 마련이거든.

당장 돌아오는 발렌타인데이만 해도 뼈저리게 실감할 거야.

누군가의 책상에 초콜릿들이 산처럼 쌓이는 걸 보게 되겠지. 혹시나 그 초콜릿의 주인공이 네가 되지 못한다 해도, 너무 속상해하지 말렴. 그렇게 인생을 알아가는 거야.

하지만, 그녀들의 이상형은 결혼할 때쯤, 또 한 번 바뀌니까 너무 실망하지 말도록.

그녀들은 어릴 때 남자의 겉모습에 집착하다가, 나이가 들수록 능력과 집안 배경, 성격을 많이 보는 걸로 바뀌곤 해.

엄마 역시 어릴 때는 키 크고 멋있는 비주얼 좋은 남자에게

꽂혔다면, 결혼할 때가 되니 모든 면에서 안정적인 남자를 찾게 되더라고. 누구 말대로, 모든 것들이 예측 가능한 남자라고 하면 딱 이해하겠니?

결혼은 평생의 동반자를 고르는 행위잖아. 그녀들 역시 신중하고 또 신중하게 자신들의 배우자를 찾아서 눈에 불을 켜고 소개팅을 하러 나서지.

남자들이 착하고 예쁜 여자를 배우자감으로 고르는 것과 비슷한 이치야. 여자들 역시, 연애할 때 만나는 남자와 결혼할 때 만나는 남자들의 차이가 아주 크기 때문에, 중고등학교 때 인기 많았던 남자아이들도 막상 결혼할 때쯤 되면 그녀들의 이상형에서 밀려나곤 한단다.

어릴 때 인기 많다가 막상 결혼할 때쯤 돼서 인기가 없어지길 바라지 않는다면, 지금 네게 주어진 학업에 열중하고 네 가치를 좀 더 높여나가는 일들에 신경 써주길 바라. 네가 네 가치를 높이고, 사회적으로도 일정한 위치에 오른다면 여자들은 자연스럽게 다가오게 되어 있어. 거기다가 위트와 품격까지 갖춘다면 넌 네가 원하는 여자를 만나서 결혼할 확률 또한 높아지는 거야.

엄마가 어렸을 때 학교에 인기 많았던 남학생들이 많았는데, 하나같이 학업에 열중하지 않더라고. 그러더니 결국, 변변한 직장을 얻지 못한 아이들이 수두룩했어.

사람 마음이 참 간사한 게 그 옛날에는 그렇게 멋있어 보이던 그 아이를 성인이 돼서 다시 만났는데 매력이 반감되는 건 어쩔 수가 없더라고.

아직까지도 우리 사회는 소셜 포지션이 무척 중요해. 그렇기 때문에 내가 나 자신에게 딩딩하고 사회적으로 존경받는 삶을 살려면 열심히 살아내야 하는 게 맞는 것 같아. 남자들 사이에서도 그런 사람들을 더 인정해 주고, 높이 대접해 주는 게 지금의 현실이거든. 억울하니? 그럼, 당장 너의 가치를 높이는 일에 더 신경 쓰도록 하자.

꽃이 너무 예뻐서

김민정(미소천사J)

네가 너무 예뻐서 꽃들이 시샘을 한다

제 모습이 가장 빼어난 줄 알고

고개를 쭉 내어밀다가,

네가 너무 눈이 부셔

이내 꺾이는구나

부디 그대여,

그 예쁜 얼굴,

내 곁에서만 살포시 감싸고 있어라

시샘도, 원망도,

내 그늘 속에서 조용히 드리워라

곱디곱게 내 안에서만 피고 지어라

제5화

아들아,
이런 여자를
만나라

긍정적인 여자를 만나라

너 역시 이십 대가 되면 사랑을 시작하게 되겠지. 네가 겪어보면 알겠지만 여자들도 정말 가지각색이란다. 겉모습부터 성격, 직업, 등등 세상엔 정말 다양한 여자들이 존재하고 있음을 머지않아 깨닫게 될 거야.

넌 어떤 여자를 만나고 싶니? 예쁜 얼굴도 좋고, 늘씬한 몸매도 매력적이지. 하지만, 그중에 가장 중요한 건 삶에 대한 긍정적인 태도라고 생각해.

한 사람이 오면, 그 사람의 인생도 같이 온다는 말이 있지 않니? 그만큼이나 누군가와 새로운 연애를 시작한다는 건 매번, 아주 신중해야 하는 일이야. 연애를 시작하면 사랑의 유효기간이 끝날 때까지 너의 모든 영혼이 그녀에게로 꽂혀 있을 거야. 그렇기 때문에 그녀들의 가치관은 너에게 상당한 영향을 끼치게 되지.

긍정적인 사람들의 특징은 매사에 호기심이 많고, 항상 마음이 열려 있기 때문에 주변 사람들에게 밝은 기운을 선사해.
특히, 스트레스에 강하기 때문에 상대방이나 자신에게 안 좋은 일들이 생겨도 회복 탄력성이 엄청나지.

엄마 주변 친구들 중에도 그런 사람들이 참 많은데, 역시나 그녀들의 결혼생활은 행복해. 항상 신랑들에게 사랑받고, 주변 사람들에게도 인기가 많아.

엄마가 아빠를 만나기 전에 만났던 사람들 중에도 매사에 부정적인 사람이 있었어. 그는 사회적 지위가 높았음에도 불구하고 늘 자신의 신세를 한탄하는 게 습관이었지.

덕분에 함께하는 연애과정 속에서 나 역시 그의 걱정과 시름을 끌어안고 가는 기분이었어. 자고로 연애란 행복해야 하지 않을까? 물론, 힘든 일이 생겼을 때 서로 의지할 수는 있겠지만, 불평불만이 습관인 사람들을 만나게 되면 그들의 감정 쓰

아들아, 이런 여자를 만나라

레기통이 될 수도 있으니 조심해야 해. 의도적인 건 아닐지 몰라도, 어쨌거나 상처받고, 힘들어지는 건 너 자신일 테니까.

엄마도 가끔 삶이 힘들 때면 나도 모르게 주변 사람들에게 푸념을 하게 되더라고. 어디 말할 데도 없으니 속상한 마음 털어내면 그 당시에는 좀 속이 후련할지 몰라도, 결국 시간이 지나고 나면 항상 후회가 되더라고.

왜 나는 그 시간에 좀 더 행복하고 즐거운 화제들로 그 사람들과 함께하지 못했을까 하는 아쉬움이 남기도 해.
연애하는 그 시간만큼은 네가 아주 행복하고 즐거웠으면 좋겠구나. 잘 웃고, 매사에 긍정적인 여자들은 너에게 그런 시간들을 안겨줄 거야.

지적인 여자를 만나라

아직은 어려서, 지금은 외모가 전부인 것 같지? 하지만 너도 성인이 되고, 여러 여자들을 만나다 보면, 그게 정답이 아니었음을 곧 깨닫게 되지.

여자들에게는 각기 다른 향기가 있어. 엄마는 그중에서 은은한 향이 오래가는 여자를 고르라고 얘기해 주고 싶어.
장미같이 그 향이 강하지는 않아도, 온화하고 은은한 향을 풍기는 여자들은 너도 단번에 알아챌 수 있을 거야.

보통 말하다 보면 자연스럽게 느껴지게 마련인데, 그녀들의 특징은 책을 많이 읽기 때문에 늘 대화의 소재가 풍부해. 흔히들 뇌섹녀라고 하지?

아들아, 이런 여자를 만나라

방송에서 문가* 누나가 나와서 대화를 하는데 세상에 완전 뇌섹녀인 거야. 책을 많이 읽어서 다방면으로 상식이 풍부한 그녀였지. 평소에는 연기 잘하고 예쁘다고만 생각했었는데, 사람이 달리 보이더라고. 그리고 만약에 엄마가 남자라면 저런 여자를 꼭 만나야겠다는 생각이 들었어.

가끔 엄마들을 만나면서 대화하다 보면 유난히 대화를 잘 끌어나가는 사람들이 있어. 다방면에 상식도 풍부해서 어떤 화제를 꺼내도 대화의 흐름이 항상 자연스럽게 이어지곤 하지.

그렇기 때문에 몇 시간의 티타임이 지루하지가 않고 즐거워. 그녀들과의 약속은 항상 사람을 설레게 하지. 그리고 나 역시 그런 사람이 되고 싶다는 생각을 참 많이 하곤 해.

문학, 예술, 철학 등등 다양한 분야에 관심이 많은 여자들이라면, 애써 외모에만 집착을 하지 않지. 그들은 내면을 가꾸는 데에 조금 더 많은 에너지를 쓰고, 그곳에 본인들의 가치를 더 두기 때문이야.

연애를 처음 시작할 때는 그 사람과의 모든 것들이 행복해. 그러다가 불꽃 튀는 사랑의 유효기간이 지나게 되면 함께 있어도 서로 공유할 만한 것들이 줄어들게 돼. 하지만 지적인 여자들은 항상 대화의 소재들이 넘쳐나기 때문에 네 삶을 좀 더 즐겁게 해줄 것이고, 네 성장에도 엄청난 영향을 끼칠 거야.

결혼을 해서도 독서를 많이 한 엄마들은 모든 해답을 독서에서 찾으려고 노력하면서 지혜롭게 살아가더구나. 육아서, 교육서 등등 넘쳐나는 정보들을 잘 모으면서 타인에게 휘둘리지 않고 자신의 교육관을 꿋꿋하게 지켜나가는 엄마들의 특징이라고도 볼 수 있지.

살면서 그런 여자를 만난다면 절대 놓치지 말라고 얘기해 주고 싶어.

설령 네가 바쁘거나 그녀에게 신경을 잘 못 써주더라도 절대 징징거리면서 너를 괴롭히지 않을 거야. 왜냐하면 그녀들의 머릿속은 너무도 풍요롭기 때문에 굳이 누군가에게 집착하지 않아도 자신의 시간들을 잘 활용할 수 있기 때문이야.

테이야, 인간은 외로운 존재야. 내 옆에 있는 그 사람이 항상 풍요로운 주제들을 가지고 매일 너에게 새로운 대화를 요청한다면 너 역시 함께 가는 그 길이 외롭지 않을 거라고 믿어.

아들아, 이런 여자를 만나라

온화한 여자를 만나라

가끔 주변을 보면 특출난 외모가 아님에도 불구하고, 유독 남자들에게 인기가 많은 여자들이 있어. 유심히 들여다보면 그녀들의 특징은 보통 감정 기복이 심하지 않고 온화하다는 게 장점이었어.

그렇기 때문에 주변 사람들을 항상 편안하게 만들어 주곤 하지. 같이 있으면 마음이 편안하고 기대고 싶은 여자를 좋아하지 않을 남자가 과연 있을까?

아무리 몸매가 화려하고 얼굴이 예뻐도, 연애하는 내내 너에게 신경질적이고 요구하는 것만 많아진다면 넌 아마 바로 질려

버릴 거야. 엄마가 굳이 설명하지 않아도 이런 여자들은 일주
일 만에 느껴질 거야.

잠깐의 연애라면 모를까, 결혼이라면 더더욱 신중해야겠지.
결혼은 네 아이의 양육과도 관련이 있는 부분들이기 때문에 성
격은 정말 중요한 부분들인 것 같아.

엄마 주변에 온화한 친구들은 역시나 결혼생활도 잔잔하게
유지해 나가더구나.
매사에 큰 욕심을 부리지 않으니 남편들을 들들 볶을 일도
없고, 자기주장이 강하지 않으니 부부끼리 딱히 싸울 일이 없
는 거지.

그런 여자를 만나면 삶이 얼마나 잔잔한 호수 같겠니. 반면,
감정 기복이 심한 여자를 만난 남자들은 대부분이 불행한 결혼
생활을 이어가곤 해.

보통 연애 때는 잘 모르다가 결혼해서 느끼는 경우들도 많은
데, 실례로 가끔 집집마다 부부싸움 하는 소리가 들리잖아? 그
럴 때마다 물건을 때려 부수거나 큰소리로 윽박지르면서 대화
하는 여자들도 많이 있어. 감정 기복은 정말 중요한 문제야. 네

아들아, 이런 여자를 만나라

삶을 평생 불행하게 만들 수도 있으니, 신중하렴.

위트 있는 여자를 만나라

너는 혹시 살면서 위트 있는 사람들을 만나본 적이 있니?

며칠 전에 네가 학원에 다녀와서 어떤 친구 이야기를 하면서 눈이 똥그래졌던 기억이 나는구나. 그 친구의 애드리브가 너무 재밌다면서 혼자 깔깔거리는 네 모습을 보면서, 역시 남녀노소 불구하고 위트 있는 사람들은 어디에서나 인기라는 걸 깨달았지.

엄마도 대학교 때 말만 하면 빵빵 터지게 웃겨주는 선배들을 보면서 얼마나 감탄하면서 좋아했던지. 그 선배 주변에는 늘 사람들이 끊이질 않았어. 빼어난 외모가 아니었음에도 불구하

아들아, 이런 여자를 만나라

고 남자들에게도 항상 인기가 많았지.

사람들은 왜 그렇게 위트 있는 사람들을 좋아하는 걸까?

곰곰이 생각해 봤어. 아마도, 삶이 점점 팍팍해지고, 힘들어지고 있으니, 그렇게 즐거울 일 하나 없는 삶 속에서 위트 있는 사람들은 사막 속의 오아시스 같은 느낌이 아닐까?

만약에 그런 여자가 너의 애인이나 배우자가 된다면 얼마나 삶이 행복하겠니.

남들은 어쩌다 한번 만날까 말까 한 사람들을 내 곁에 두고 매일 웃을 수 있다면 정말 보석 같은 존재가 아니겠니?

엄마가 한때 좋아했던 선배가 정말 엄청 위트 있고 재밌었거든. 그런데 그 선배는 나에게 별로 관심이 없는 거야. 다른 사람들은 다 엄마에게 호감을 표현하기도 하고, 잘해주는데 유독 내가 관심 있는 그 사람만 나에게 관심이 없더라고. 나중에서야 그 이유를 알았지. 그 선배는 연애를 많이 해봤기 때문에 여자의 외모에 집착하는 사람이 아니었던 거야. 그 선배가 하루는 엄마한테 그런 소리를 하는 거야.

"J는 이상하게 좀 불편해."

처음엔 무슨 뜻인지 잘 몰랐는데, 나중에 친구를 통해 전해 들었지. 엄마가 너무 내숭이라서 대화가 불편했대. 이십 대 때는 그토록 엄마가 내숭파였단다.

 그저 말이 잘 통하고 함께 있는 시간이 즐거운 위트 있는 여자가 이상형이더라고.
 그래. 지금 생각해 보면 뭘 좀 아는 남자였던 거지. 물론, 그 선배는 지금도 그런 여자를 골라서 아주 행복한 결혼생활을 하고 있어.

 연애를 많이 해봤기 때문에 본인의 취향을 남들보다 좀 더 빨리 깨달을 수 있었던 거고, 그렇게 대화가 잘 통하는 소울메이트 같은 여자를 고를 수 있었던 거지.
 지금 다시 그때로 돌아가서 엄마 본연의 모습을 보여줬다면, 인기가 더 많아서 아마도 네 아빠 차례까지는 못 왔겠지?

 반면, 본인의 취향을 잘 모르던 엄마의 지인은, 그저 여자의 외모만 보고 골라서 결혼을 했다가 지금 돌싱이 되어버렸어.
 연애할 때는 예쁜 외모에 집착하면서 그렇게 따라다니더니, 막상 결혼생활을 하니까 하나부터 열까지 전부 맞는 게 없더라는 거야. 그렇다면 대화로라도 풀어나가야 하는데 매사에 신경질적이고 짜증이 심했던 거지.
 그럴 때, 위트라도 있었다면 위기상황을 항상 잘 넘어갈 수

아들아, 이런 여자를 만나라

있었을 텐데 그런 캐릭터도 아니었던 거야.

  엄마들과 소통하다 보면 가끔 위트 있는 사람들을 만나게 되
는데 역시나 그런 사람들 중에는 타인과의 갈등의 문턱을 무난
하게 잘 넘기는 사람들이 많더구나. 모든 문제들을 매사에 너
무 심각하게 받아들이지 않고, 어색한 분위기가 연출되는 상황
들에서도 위트 있는 농으로 받아치니 주변 사람들을 늘 행복하
게 만들곤 하지.

  엄마가 몇 년 전에 한 단톡방을 들어갔는데, 카톡 한 줄 한
줄이 너무 재밌어서 그 방의 모든 사람들이 그분 때문에 즐거
웠던 기억이 나는구나.

  꼭 말이 아니어도 글로도 얼마든지 주변 사람들을 행복하게
만들 수 있는 거야. 그렇게 센스 있는 사람들은 어딜 가도 사랑
을 받고, 인기가 많지.
  그렇게 팍팍한 삶 속에서 너만의 해피바이러스를 만난다면
꼭 놓치지 말거라.
  너를 항상 즐겁게 해줄 것이고, 너 역시 조금씩 물들어 가다
보면 더불어 주변 사람들에게 행복을 전달해 주는 사람이 되
겠지.

자꾸 웃다 보면 더불어 예뻐 보이지 않겠니? 아무리 예쁜 여자들이라 할지라도 만나는 내내 우울감을 풍기면서 말이 없다면, 과연 너의 연애가 즐거울까? 아마 넌 바로 도망치고 싶을 거야.

엄마도 연애할 때 아무리 잘생기고 돈 많아도, 함께 있는 시간이 즐겁지 않으면 매력이 없더라고. 결국 오래가지 못했지.

늘 공주처럼 좋은 차로 훌륭한 곳에 데려가서 식사 대접을 해줬지만, 함께하는 시간들이 즐겁지 않고 대화가 통하지 않으니 반드시 한계점이 오더라고.

반면 위트 있던 그분은 만나기만 하면 나를 빵빵 터지게 해주고 설레게 했어. 늘 즐거운 이야기들로 웃음이 끊이질 않았지. 너도 알다시피 나는 웃음이 참 많은 여인이었거든.
본인 이야기에 늘 잘 웃어주니 그분도 얼마나 흥이 났겠어. 이처럼 연애에 있어서 해피바이러스는 매우 중요한 역할을 한단다.

엄마가 좋아하는 명언 중에서 "선택이 곧 그 사람의 운명이 된다."는 말이 있어. 어떤 사람들을 곁에 두느냐에 따라서 네

아들아, 이런 여자를 만나라

운명이 결정되기도 한단다.

부디 밝고 긍정적이며, 즐거운 사람들과 네 인생을 함께하기를.

솔직한 여자를 만나라

마지막으로 매사에 솔직하게 자기표현을 하는 여자를 만나라고 얘기해주고 싶어.

엄마가 너에게도 감정표현에 솔직한 사람이 되라고 항상 이야기하지?

여자를 고를 때도 마찬가지란다.

가끔 배려가 지나쳐서 속으로 끙끙 앓다가 혼자 번아웃 되는 여자들을 많이 보곤 하지. 그런 여자들의 특징은 앞에선 참 순하고 착한데 뒤돌아서면 혼자 끙끙거린다는 거야.

그렇기 때문에 네 앞에서 웃어주고 공감해 준다고 해서 백 퍼

아들아, 이런 여자를 만나라

센트 다 네 사람이 되었을 거라고 판단하면 곤란해. 특히나 여자들은 두 얼굴인 경우들도 많기 때문에 더더욱 잘 살펴봐야 해.

기끔 너무 순해서 거절을 못 하는 여자들을 종종 보곤 하는데 그런 여자들은 연애할 때도 선이 불분명한 경우들이 많아서 누가 잘해주면 또 냉큼 넘어가는 경우가 많아. 맺고 끊는 게 확실해야 하는데 어찌 보면 선함을 가장한 이중성이라고도 볼 수 있는 거지. 그러니까 주변 사람들에게 착하다고 해서 무조건 다 좋은 여자일 거라는 편견은 버리도록.

오히려 다른 남자들에게는 조금 차가워도, 너에게만 따뜻한 여자가 더 나을 수도 있어.

반면, 자기감정에 솔직한 여자들은 본인의 마음을 잘 들여다볼 줄 알고, 상대에게도 솔직하게 전달하기 때문에 오해들이 잘 생겨나지 않아.

보통 남자들은 연애할 때 복잡하게 생각하지 않잖아? 그렇기 때문에 솔직한 여자들은 네 마음을 좀 더 편하게 해줄 거야. 아, 오늘은 너무 피곤해서 쉬고 싶어 하는구나, 아, 내가 말실수를 해서 많이 서운했구나 등등 자신의 감정을 잘 전달하기

190

때문에 서로 사이가 틀어질 확률이 낮지.

이건 네가 직접 겪어보면 잘 알 거야.

어떤 여자들은 하루아침에 갑자기 이별통보를 하고 잠수를 타곤 하지. 그런 사람들은 그동안 상대방 때문에 끙끙 앓고 참다가, 결국 번아웃이 와서 회피하는 거란다.

그런 상황이 반복되지 않으려면, 매사에 자신의 감정표현이 솔직한 여자들이 더 낫지 않겠니?

하지만,

이 모든 조건들을 초월하는 것은 결국, 사랑이란다.

사람이 누군가를 진심으로 좋아하면 결국, 조건 따윈 보지 않게 된단다.

너 역시, 이러한 조건들을 다 초월할 정도로 진심으로 서로 사랑하는 여자를 만났으면 좋겠구나.

그런데 누군가 그러더구나. 결국 엄마 닮은 여자를 데려온 다고.

엄마는 물론, 그래도 상관없다고 자신 있게 얘기하고 싶지만, 어디 아빠의 의견도 한번 들어보겠니?

네 여자에게 잘하라

    그리고 그렇게 네 여자를 만났다면 부디, 그녀에게 잘하렴.

    대부분의 남자들이 결혼 전에는 헌신을 다하다가 결혼하고 나서는 자기 여자에게 무심해지곤 하지.

    그런데 그건 정말 어리석은 짓이라고 생각한다. 흔히들 잡은 물고기에게 먹이를 안 준다는 심리가 묘하게 자리 잡고 있는 것 같은데 그건 옳지 않아.

    네 옆에 있는 그녀는 누군가의 사랑하는 딸이었고, 사회적으로도 인정받는 멋진 여자였단다. 그런 사람이 너를 선택했고, 너에게 기회를 준 거야.

다른 사람의 여인이 될 수도 있었던 거잖아. 네가 그 행운을 거머쥐었다면, 그녀에게 최선을 다하는 게 맞아.

행복은 한쪽만 노력한다고 되는 게 아니란 걸 잘 알고 있지? 서로 같이 노력해야 하는 거야. 그렇게 둘의 노력으로 사랑이 완성되는 거란다. 일방적인 희생이나 강요는 절대 안 되는 거야.

그런 의미에서 오늘은 사랑에 관한 영화 한 편을 소개할게.

〈이프 온리〉, 이 영화는 주인공이 갑자기 사고를 당하게 되면서 영혼이 되어 아내를 찾아온다는 스토리야. 사만다와 이안은 아주 행복한 커플이었지만, 늘 바쁜 이안 덕분에 종종 서운함을 느끼기도 하지. 하지만 그들은 서로를 사랑했어. 매번 표현을 할 순 없었지만 그렇다고 해서 사랑이 식었던 건 아니었으니까.

아들아, 이런 여자를 만나라

단지 서로의 편안함에 조금은 익숙해졌을 뿐. 오래된 커플들이 흔히들 그러하듯 말이야.

그리던 어느 날, 이안의 눈앞에서 사만다는 교통사고를 당하게 되고 이안은 깊은 상념에 사로잡히게 되지. 사랑하던 여자가 하루아침에, 그것도 내 앞에서 사라졌으니 그의 그 슬픔은 이루 말할 수 없었겠지.

오랜 시간을 예상하고 떠나 보낸 이들의 죽음도 하늘이 무너지는 아픔을 안겨주는데, 하물며 이제 막 사랑이 영글기 시작했던 그들이었으니까.

그렇게 헤어나올 수 없는 슬픔에 잠긴 이안이 잠든 사이에 사만다가 갑자기 한 택시 기사의 도움으로 영혼이 되어 돌아오게 되지.

그렇게 그들에게는 단 하루의 기회가 찾아오게 되고, 이안은 사만다에게 완벽한 사랑을 선물하기 위해 최선을 다해.

그 모습 속에서 바로 지금 이 순간들이 사랑하는 사람들에게 얼마나 귀한 시간들인지를 느끼게 해주는 진한 감동의 영화란다.

그렇게 지금 내 곁에 있는 사람이 얼마나 소중한지를 깨닫게 해주는 영화이기도 하지.

엄마는 이 영화를 보면서 무척이나 가슴이 아렸단다.

그리고 정말 소중한 게 무엇인지 다시 한번 생각해 보는 계기가 되었어.

어느 날 갑자기 사랑하는 사람들이 사라진다면 얼마나 허무하겠어.

테이, 후회하지 않도록, 주변을 둘러보고, 곁에 있는 사람들을 사랑하면서 살자.

창밖에는 눈이 오고 있어. 어쩌면 이번 겨울의 마지막 눈이 아닐까 싶어. 2월의 마지막이 될 눈을 바라보면서, 오늘 하루도 무사히. 우리의 안녕을 기원해.

그렇다면 엄마는 어떤 사랑을 꿈꾸냐고? 너도 알다시피 엄마는 로맨티시스트야. 결혼을 한 지금도 당연히 사랑이 중요하다고 믿고 있는 사람이란다. 나는 다시 돌아간다 해도 사랑을 신택했을 것 같아.

그건 또 나중에 자세히 이야기하자.

일단, 이 눈을 뚫고 너를 데리러 가야겠구나.

아들아, 이런 여자를 만나라

제6화

아들아,
꿈을 꾸며 살자

꿈을 닮아가는 사람이 되자

테이 너는 꿈이 뭐니? 지금은 네 꿈이 의사일지 몰라도 크면서 또 바뀌게 될 수도 있어.

어쨌거나 하나의 목표를 정했으면, 그 꿈을 닮아가는 사람이 되었으면 좋겠구나.

엄마의 꿈은 어릴 때부터 작가가 되는 거였어. 대학교 졸업 시즌쯤에 과사에서 구성작가 면접 볼 생각이 없냐고 연락이 와서, 정말 신나게 면접을 보고 합격을 했지.

지금 생각해 보면 그 길을 가야 했어. 그런데 그 당시에는 안정적인 직업이 인기라서 친구들이 모두 공무원시험을 준비하고 있었지. 그래서 엄마 역시 몇 번을 고민하다가 노량진으로 짐을 싸서 날랐단다.

그렇게 운명이 잠시 제자리를 벗어나는 듯싶더니, 너를 임신하기 전에 드라마 작가 교육원을 다니면서 다시금 내가 글을 쓰게 되었던 거야. 그러다가 너를 키우게 됐고, 아 이렇게 내 꿈이 점점 멀어지는구나 싶더라고.

하지만 지금 엄마를 보렴. 결국 또 책을 출판하고 있잖아. 이제 목표한 페이지를 다 채우고 출판하게 되면 결국, 엄마의 꿈을 이루고, 저자로 등단하게 되는 거잖니?

엄마가 이렇게까지 책을 출판할 수 있을 때까지는 어떤 노력이 있었을까? 바로 작가라는 목표에서 끝까지 눈을 떼지 않았다는 거야.

너를 키우면서도 드라마와 영화를 보면서 끊임없이 연구했고, 다양한 책들을 읽어내면서 견문과 지식을 넓혔지. 그랬더니 어느 날부터인지 글이 술술 잘 써지는 거야. 보이지 않는 곳에서도 엄마는 엄마의 꿈을 향해서 알게 모르게 조금씩 애쓰고 있었던 거야.

아들아, 꿈을 꾸며 살자

테이 너도 꿈이 생기면 그 꿈을 향한 시선을 떼지 말고 끝까지 밀고 나가렴.

언젠가 온 우주가 너의 간절함을 꼭 들어줄 거야. 오랫동안 꿈을 그리는 사람은 마침내 그 꿈을 닮아간다는 말이 있잖니?
엄마는 지금 바로 꿈 앞에 와 있는 것 같아서 가슴이 무척이나 벅차고 설렌단다.

누구에게나 꽃은 피는 거야. 단지 각자의 계절이 다를 뿐. 누구는 십 대에 빨리 꽃을 피우기도 하고, 또 누구는 마흔이 넘어서 자신의 꽃을 찬란히 피우기도 하지.

베라왕은 사십 대에 패션업계에 처음으로 뛰어들어서 지금의 세계적인 기업을 만들어 냈고, 토니 모리슨도 마흔 살쯤 첫 책을 출판해서 결국 노벨 문학상까지 받아냈잖니?

시작이 좀 늦어도 괜찮아. 가는 길을 조금 헤매도 상관없어. 중요한 건 목표지점까지 포기하지 않고 갔다는 데 그 가치가 있는 거야.

우리가 성공한 사람들을 존경하고 우러러보는 이유는 그 사람들의 노력을 알아봐 주기 때문이야. 흔히들 쉽게 포기하고 이루어 내지 못하는데, 그 사람들은 끝까지 해낸 거잖아. 사회는 그런 사람들의 공을 인정해 주고, 박수 쳐주는 거야.

우리가 과연 그들을 시샘할 자격이 있을까?

엄마도 한때는 비상하고 싶었어. 누군가의 꿈을 보면서 닮고 싶었고, 닿지 못하는 목표를 보면서 좌절하기도 했지. 그렇게 빛바래지는 내 꿈들을 차마 잡지도 못한 채 우두커니 멀어지는 것만 바라보던 시절이 있었지.
그 시절, 어쩌면 나는 그만큼 간절하지 않았던 게 아닐까.

지금 생각해 보면, 그냥 딱 그만큼이었던 것 같아. 핑계를 던져두고 뒤로 숨을 수 있을 만큼. 딱 그 정도 양만큼의 간절함.
그 꿈을 이루기 위해 음지에서 부단히 쌓아 올렸던 그들의 노력은 보려 하지 않고, 당장 눈앞에 보이는 눈부신 성과들만 무척이나 담을 냈지. 테이 너는 네 인생에서 난 한 번이라도 너 자신을 불태우면서 무언가를 위해 애써본 적이 있니?
만일, 그렇지 않다면 부디 너 자신을 되돌아보도록 하자. 내가 과연 누군가의 꿈을 시샘할 자격이 있는지. 또 얼마나 많은 합리화를 내세우며, 네 꿈 뒤로 숨고 있는 건지를.

아들아, 꿈을 꾸며 살자

꿈이 있는 사람들은 아름답단다. 그 꿈을 이루기 위해 노력하는 그들의 열정은 항상 빛이 나지. 엄마가 생각했을 때, 불행한 삶은 더 이상 어떤 꿈도 꾸지 않는 삶이야.

오늘도 꿈을 꾸고, 그 꿈을 닮아가는 우리가 되자. 그렇게 누군가의 꿈이 될 수 있는 사람이 되자.

오뚝이 정신을 갖자

　세상을 살다 보면 한 번씩은 내가 원치 않아도, 휘청거리는 일이 생기게 되지. 당장, 중고등학생이 되면, 네 뜻대로 성적이 잘 안 나올 수도 있고, 무슨 일을 하든 간에 목표한 만큼 그 결과가 잘 안 나오는 경우들도 생길 수 있어.

　그래. 인생이 꽃밭이면 얼마나 좋겠어. 엄마도 부디 네가 가는 그 길에 꽃길만 펼쳐졌으면 좋겠다만, 그래도 사람 일은 모르는 거잖니.

　그렇게 의도치 않은 곳에서 걸려 넘어지는 경우들이 생기게 되면, 너 역시 무척 당황스럽고 주저앉고 싶을 때가 많을 거야.

　그런데 테이야, 그때마다 꼭 오뚝이 정신을 가슴속에 새기면

아들아, 꿈을 꾸며 살자

서 살았으면 좋겠어. 네가 어릴 때부터 가지고 놀던 오뚝이 인형을 기억하지? 그 인형은 조금 쓰러지는 듯하다가도 결국 다시 제자리로 돌아오잖아. 칠전팔기라고 일곱 번 넘어져도 여덟 번 일어나는 네가 되었으면 해.

그러려면 긍정적인 마음이 꼭 필요하겠지? 내가 지금 당장 이 일을 해내지 못한다 해도 난 결국엔 꼭 잘될 거라는 너에 대한 강한 믿음을 가지고 있을 때, 오뚝이 정신을 만나게 되면 그 시너지는 배가 되지.

나는 스물한 살 때, 운전면허증을 처음으로 손에 넣었어. 그 것도 1종 보통 트럭으로. 나는 분명히 2종을 따려고 했는데 그 당시 씩씩한 내 친구가 살다 보면 트럭을 몰아야 하는 상황(예를 들면 떡볶이 장사)이 생길 수도 있다고 은근 겁을 줘서 그 친구를 따라서 1종을 따러 갔던 게 화근이었지.

운동신경이 둔했던 아가씨는 트럭 운전대를 잡자마자 도보 위로 바퀴를 올려놓는가 하면 여기저기 엄청 박아대면서 그렇게 수난의 연수가 시작됐어.

그 당시 나를 가르쳐 주던 깎은 밤톨 같은 알바생 오빠랑 차 안에서 같이 치일뻔했지. 지금 생각해 보면 그 알바생 오빠도 참 귀여웠는데 같이 사고 날까 봐 차마 겁나고 당황해서 내게 말도 제대로 못 붙이는 눈치였단다.

몇 번의 불합격 끝에 간신히 면허증을 손에 넣었지만 역시나 차를 끌고 나가기는 두려웠어.

더군다나 그 당시 내가 어리바리 순진해 보였는지 지나갈 때마다 도를 아십니까 언니들이 그렇게 나를 붙잡아 대며,

"학생! 학생은 살면서 차 조심해요."

겁을 주는 것이 아니겠니. 아, 나는 운전하면 큰일 나나 보다 더 겁을 먹고 그 후로 쭉 장롱면허로 박아두며 살았어. 지금 생각해 보면 그런 얘기는 엄마도 할 수 있었겠다. 사람이 내면이 불안해지면, 자꾸만 나약한 속삭임들에 이끌리게 되는 거 알고 있니?

그 후 너를 키우면서 학원 픽업이 너무 힘들어서 방문도로연수를 다시 받기 시작했지. 아빠에게 연수를 받는데, 자꾸 화를 내면서 같이 죽을 수는 없지 않겠냐며 너에게 부모 하나는 있어야 도리라고 차라리 돈을 뿌리라고 했어. 하지만, 방문연수 또한 가관이었어. 어떤 아저씨는 내 차에 올라타자마자

"(경멸하며) 아오~ 차 청소 안 하시나 봐요? 저는 지저분한 여자들 이해 안 돼요."

또 다른 아저씨는,

"혹시 상담 알바 안 하실래요? 건당 인센티브!"

그렇게 남의 별 이상한 아저씨들이 너무 짜증 나서 여자 선생님으로 바꿨더니 "살면서 운전을 꼭 해야겠어요? 안 하는 게 더 나을 수도 있어요. 신중히 고민해 봐요."

굴욕적이었지만 나는 오뚝이처럼 끝까지 연습했어. 그리고 지금 나는 베스트 드라이버란다.

공부도 똑같지 않겠니? 수없이 갈등하는 상황들이 생길 테고, 훈수 두는 사람들도 숱하게 많을 거야. 하지만 우리는 우리의 길을 가야 해. 목표가 분명한 사람들에게는 감히 어깃장을 놓을 수가 없는 거란다. 누구에게도 휘둘리지 않도록, 뚜렷한 소신을 가지고 직진하는 사람이 되기를.

그 당시, 운전초보이던 엄마는, 택시 타고 갈 때마다 운전기사님들이 그렇게도 대단해 보일 수가 없었지. "기사님, 어떻게 해야 끼어들기를 잘할 수 있어요? 초보운전인데 너무 어려워요."

"응, 별거 없고 그냥 앞바퀴를 잽싸게 밀어 넣어요."

"아, 잽싸게. 감사합니다!"

그다음 택시를 타서도,

"아저씨, 아저씨 끼어들기를 어떻게 해야 잘할 수 있어요?"

206

"응, 앞바퀴를 천천히 들이밀어야 돼요, 스무스하게."

운전초보인 엄마는 택시 기사님들마다 말씀이 달라서 엄청난 혼선이 왔어. 그런데 엄마가 운전을 하다 보니까 두 분 말씀이 다 맞더라고. 교통상황에 따라서 바퀴를 잽싸게 밀어 넣어야 할 때도 있고 천천히 끼어들어야 할 때도 있었어.

교육도 이와 비슷하지 않겠니? 너의 상황에 따라서 계속 달라지는 거지 정답은 없는 것 같아. 앞으로도 무수한 시행착오를 하면서 우리는 또 하루하루 성장하겠지. 무엇보다 가장 중요한 건 어제보다 더 나은 오늘이 되는 거 아닐까.

한두 번 넘어졌다고 해서 쉽게 포기하는 사람이 되지 말렴. 그건 삶에 대한 예의가 아니야. 너 전화위복이란 말 알지? 엄마가 가장 좋아하는 사자성어 중에 하나란다. 안 좋은 일이 생기면, 거기서 좌절하지 말고, 반드시 이 일을 어떻게 하면 역전시켜서 전화위복으로 만들지를 고민해야 해. 그러한 삶의 자세는 앞으로도 네가 살아가는 데 엄청난 도움을 줄 거야.

아무리 힘든 일이 생겨도 버티고 일어나기만 하면 되는 거야. 과거는 뒤돌아보지 말아라. 중요한 건 지금이잖아. 과거에 어떤 삶을 살았고, 어떤 결과물을 냈는지는 별로 중요하지 않아. 지금부터가 중요한 거니까. 부디 지난날들의 후회와 자책으로 상처받은 가슴을 끌어안고 주저앉는 일은 없어야 해.

누구에게나 힘든 순간들은 찾아온단다. 너만 힘든 게 아니야. 다른 사람들도 다 힘들었고, 겪어낸 일들이야. 왜 나에게만 이런 시련들이 찾아오는 건지 의문을 갖지 말자.

시련은 누구에게나 올 수 있어. 단지 그 고비들을 극복해 내는 사람과 그렇지 못한 사람이 있을 뿐이야. 네 앞에 있는 그 친구들도 때로는 공부하기도 싫고 힘들었단다. 하지만 꿋꿋하게 버텨냈고, 숱한 그 고비들을 넘겨온 거야.

지금 당장 성적이 좀 안 나와도 괜찮아. 그런 일들로 인해서 네가 좌절하고, 네 꿈을 포기하는 일이 없었으면 좋겠어. 실패한 일들이 있다면, 끊임없이 분석하고 고민하는 자세로 살아가야 해.

열심히 하는 자세도 중요하지만, 메타인지도 상당히 중요하기 때문에, 이번 성적이 안 나온 이유가 뭘까? 그렇다면 나는 어떻게 개선해야 할까? 어떤 단원들의 복습이 부족했던 걸까? 등등 너 자신을 돌아보고, 실수를 반복하지 않는 자세가 가장 중요한 거야. 그렇게 하나씩 개선해 나가다 보면 너만의 노하

우가 생길 것이고, 두 번 다시는 같은 실수를 반복하지 않게 된
단다. 그렇게 나날이 노력하다 보면 어느새 네 꿈 앞에서 미소
짓는 너를 발견하게 될 거야.

부디 그렇게 항상 네 삶을 역전시키는 사람이 되거라.

간절해야 목표를 이룰 수 있어. 어설픈 마음으로 다가서면
네 꿈도 그런 너의 마음을 단번에 알아볼 거야. 세상에 쉽게 얻
을 수 있는 건 없단다. 뿌린 만큼 거두는 거란다. 네가 애쓰고
노력한 만큼, 딱 그만큼만 세상은 너에게 보상을 해줄 거야.

그런 의미에서,

이번엔 너에게 영화 한 편을 소개할게. 〈4등〉이라는 영화인
데 네 나이 또래 아이들이 수영선수가 되기 위해 경쟁하는 스
토리야. 나름대로 재능이 있는 준호지만, 매번 4등만 하는 시
련을 겪게 되지. 하지만 준호 역시 본인의 재능에 비해 딱히 욕
심은 없는 친구였어. 하지만 준호의 엄마는 달랐지. 욕심이 매
우 많아서, 준호의 1등을 간절히 원했지. 그러던 어느 날 스파
르타 수영코치를 만나게 되면서 2등을 찍게 되지만, 알고 보니
체벌을 해가면서 강압적인 훈련을 시켰던 코치였지.

"나는 준호가 매를 맞는 것보다 4등을 하는 게 더 무서워."라
는 준호 엄마의 명대사를 남긴 영화야.

아들아, 꿈을 꾸며 살자

이 영화는 어찌 보면 지금의 교육현실과도 제법 비슷하다고도 볼 수 있어서 상당히 인상 깊었던 스토리였어. 1등만 강요받는 현실에서의 부모들 마음이 여실히 드러나 적잖은 충격을 주었지.

코치 광수는 "엄마가 극성만 떨지 않았다면, 지가 알아서 1등을 했을 아이다!"라면서 또 하나의 명대사를 남겼지.

그 장면에서 엄마 역시 생각이 많아졌어. 하나부터 열까지 일일이 다 떠먹여 주려 했던 엄마의 욕심이 아이의 경쟁심을 자극시키지 못했던 건 아닐까. 혹시, 그냥 내버려두었다면 네가 스스로 갈증을 느끼면서 더 달려들었을까? 그래, 그건 누구도 알 수 없는 거야. 내가 그때 저쪽 길로 갔다면 또 다른 인생이 펼쳐졌겠지만 그 길 역시 완벽한 길이라고는 볼 수 없는 거니까.

입시의 무한경쟁 시대를 살아가는 너희들에게 꼭 추천해 주고 싶은 좋은 영화란다.

소신껏 살자

이는 앞서 얘기한 자존감이랑도 연결되는 말이야.

그렇다면 소신껏 사는 게 왜 중요한 걸까? 우리는 살아가면서 수많은 선택의 기로에 놓이게 되지. 매번 너는 엄청난 고민들을 하게 될 거야. 그때마다 네 가치관에 소신이 없다면 어떤 일들이 일어나게 될까?

언제나 남들의 선택에 좌지우지하는 너를 발견하게 될 거야. 흔히 친구 따라 강남 간다고 하지?

엄마는 학군지에서도 그런 유의 엄마들을 참 많이 봤단다. 분명히 본인의 아이에게 잘 맞는 학원을 다니고 있음에도 불구

아들아, 꿈을 꾸며 살자

하고, 더 좋은 대형 학원이 나타나면 바로 친구들을 따라서 이동한다거나, 선생님을 바꾸곤 하지.

물론, 엄마 역시, 많은 실수들을 하면서 여기까지 왔단다.

내 아이랑 잘 맞지 않는 것 같으면 과감히 버릴 수 있는 용기가 있어야 했고, 내 아이의 목표와 맞지 않으면 혼자서 다른 길로 갈 수 있는 담대함이 부족했던 거지.

하지만 이제라도 깨달았으니, 다시는 그런 실수를 반복하지 않으려고 노력하고 있어.

그렇게 나는 점점 마음이 단단해지고 있다는 걸 느껴.

이유인즉슨, 어릴 때부터 유난히 습득력이 좋았던 네 덕분에 남들 하는 거 미리 다 경험해 보았고 결국, 최종 뚜껑을 열 때까지는 아무것도 알 수 없다는 것을 깨달아 버렸거든.

수능 만점자들도 원하는 목표대학을 가는 형, 누나들조차도 판도라 뚜껑을 여는 그날까지는 본인의 운명을 확신할 수 없었던 거야.

그저 묵묵히 하루하루 성실하게 개미처럼 꾸준히 하다 보니 목표치까지 도달할 수 있었던 거겠지?

자, 그럼 생각을 해보자. 과연 현재의 상황에 좌지우지할 필요가 있을까? 아직은 단정 지을 수 있는 것들이 아무것도 없는 거야.

아무리 전 과목이 내로라하는 학원의 탑반 학생들이어도 경시 색깔상들을 휩쓸었던 아이들이라도 몇 년 뒤, 최종결과에서는 판이 뒤집힐 수도 있는 거란다.

고로, 너무 우쭐할 필요도 없을 것이며 혹시나 지금 당장 네가 원하는 목표에 도달하지 못했다 하여도 결국엔 최종목표만 이뤄내면 되는 것인데 다들 매사에 일희일비할 필요가 있을까?

네 나이 열 살쯤, 그때까지 생각 없이 맹목적으로 교육에 집착하던 엄마는 첫애 엄마치고는 이 논리를 너무도 일찍 깨달아 버렸지.

그리고 그날부터 요동치던 엄마의 교육관도 어느 정도의 평정심을 찾게 되었어. 하나, 이것도 직접 경험해 보지 않았다면 절대 알 수 없었을 거야. 그러니까 사람은 말이야, 생각이란 걸하면서 살아야 해. 매사에 통찰력과 비판적 시각이 필요한 이유란다. 우리에게 중요한 건 그저 하루하루 성실하게 꿈을 향해 다가가는 노력이겠지.

누군가의 먹잇감이 되고 싶니? 응, 그럼 소신 없이 계속 흔들

213

리럼. 그럴수록 네 지갑은 계속 얇아지고 멘털 또한 너덜너덜
해질 것이야.

가끔 학원을 탑반이 아니면 절대 안 가는 '공주병' 걸린 엄마
들이 있더라고? 누구냐고? 바로 내가 그랬었어. 부끄러운 흑역
사다.

엄마가 그거 다 해봤는데 부질없더라. 그런 마인드로 대학은
어찌 보내려고?

혹시나 끝까지 서울대 못 가면 바로 군대 보내려고?

우리 그러지말자. 자, 그럼 엄마는, 오늘도 공이나 치러 가볼
까? 무언가를 새로 배울 때마다 테이 너에게 했던 잔소리들이
참으로 미안해지는 거 아니?

'나'나 잘하자!

제7화

아들아,
행복하자

취미생활을 하자

길었던 겨울도 끝이 나고 바야흐로 봄이 다가오는구나. 엄마는 작년 겨울부터 골프와 테니스를 시작했는데, 이 좋은 운동들을 왜 진작에 시작하지 않았는지 너무나도 후회가 된다.

네 학원 픽업이 힘들었던 나는 오전 내내 침대에 누워서 스마트폰을 뒤적거리면서 시간을 보내기가 일쑤였지. 유튜브에서 교육정보들도 뒤적거리고, 교육 단톡방에서 한 번씩 채팅도 신나게 하면서 정말 난 내가 세상에서 교육을 가장 열심히 시키는 엄마인 것마냥 너에게만 집착하면서 살았던 것 같아.

그런데 정작 당사자인 너는 사춘기가 다가오면서 고집이 세지니 더 이상 엄마가 설 자리가 없어진 기분이었어.

그렇게 무미건조한 삶을 보내던 어느 날, 엄마 친구가 강권하던 골프를 미루고 미루다 작년부터 시작하게 되었지.

이번이 벌써 세 번째 시도였어. 십 년 전에도 몇 번 배우려고 시도해 봤는데, 계속 똑딱이만 하니까 재미가 없더라고. 결국 몇 번 나가지도 못한 채 끊어버리고, 그 후로는 골프를 쳐다도 보지 않다가 이번엔, 꾹 참고 두 달쯤 버텼는데, 드라이버로 넘어가면서부터 골프에 재미를 붙이기 시작했어. 안 될 것 같은 스윙도 유튜브를 보면서 자꾸 연구해 보니 슬슬 감이 잡히더라고. 그래서 남들보다 빠른 속도로 비거리가 늘어나기 시작했지. 이젠 정확도에 좀 더 신경을 쓴다면 머잖아 친구들과 필드에도 나갈 수 있을 것 같아.

그리고 조만간 너에게도 골프를 건네볼 생각이야.

아들과 함께 골프를 배울 수 있다면, 나는 참 영광일 것 같아. 언젠간 함께 필드장으로 나가자.

그렇게 골프에 흥미를 붙이는데, 이번엔 바로 옆에 테니스 학원이 있는 거야. 그래 내친김에 다 배우자 싶어서 테니스까지 등록해 버렸지.

예상대로 테니스는 엄마랑 잘 맞는 운동이었어. 네 아빠가

아들아, 행복하자

테니스를 잘 치는데 엄마가 운동을 못하니까 같이 칠 기회가 없었거든. 석 달쯤 뒤에는 아빠랑도 실외 테니스장에서 같이 운동을 할 수 있을 거라고 기대하고 있어.

내가 운동을 시작하고 나서 가장 후회됐던 점들이 뭔 줄 아니? 그동안 그 시간에 하루 종일 누워서 스마트폰 안에서 헤어 나오지 못했던 일상들이 너무도 한심하게 느껴지더라고.

너를 학원에 보내고 텅 빈 집으로 돌아오면, 그렇게 가슴이 허할 수 없는 거야. 그래서 매일 길 잃은 영혼처럼 전화번호부에 저장되어 있는 친구들, 엄마들 번호를 하나씩 누르기 시작했어. 그렇게 커피 한 잔을 들고 스몰토크의 향연을 펼치는 게 유일한 낙이었지.

지금 생각해 보면 그 시절엔 딱히 목표도 없었고, 이 나이에 꿈을 꾼다 한들 이룰 수 있을 거라는 확신조차 없었으니까 무언가에 열정적이지도 못했지.

그랬던 엄마가 취미생활들이 많아지면서 180도 달라졌다면 믿겠니? 뭐랄까. 내면이 단단해지고, 영혼이 충만해지는 느낌이랄까.

내 책을 쓰고, 내 운동을 하면서,

너에게도 공부 잔소리가 줄어드니 사춘기가 다가와도 점점 사이가 좋아지고, 자식에게 너무 집착하지 않게 되니 내 삶을 사는 데 더 의미를 부여하게 되더라고.

그 전엔 우리 정말 많이 싸웠잖아. 네 사춘기 호르몬에 반응했으면 안 됐고, 그냥 묵묵히 지켜보면서 기다려 줬어야 했는데 엄마도 미성숙한 사람인지라, 매번 그렇게 인내하지 못한 점을 진심으로 사과해.

그 시절엔 왜 이렇게 상대의 단점도 잘 보이고 예민했었는지. 그게 다 마음이 단단하지 못해서가 아니었을까?

하늘도 이런 안타까운 엄마의 마음을 알아주셨는지, 참 적당한 시기에 나에게 새로운 문을 열어주신 것 같아. 그래서 오늘도 엄마는 하루하루 감사하면서 살자고 다짐하고 있어. 그렇게 엄마에게 너의 '학습매니저'라는 역할 말고도 또 하나의 꿈이 생긴 거야.

결국, 엄마가 얘기하고 싶은 건, 너도 성장하면서 다양한 취미생활이 많았으면 좋겠다는 거야.
너희들이 좋아하는 유튜브나 게임보다는 좀 더 활동적이고

아들아, 행복하자

가치 있는 일들에 네 시간들을 투자했으면 좋겠어.

몸과 마음이 건강한 삶을 살려면, 영혼이 충만해지도록 노력해야 해. 다양한 취미활동을 하는 사람들을 보면 삶이 참 풍요롭게 느껴지지 않니?

실제로 어른들 중에는 유흥과 쾌락에 빠져서, 피폐한 삶을 사는 사람들도 많이 있어. 그 사람들이 건전한 취미생활만 했더라도 과연 그렇게 됐을까? 엄마 주변의 지인들 중에도 독서를 좋아하고 운동을 꾸준히 하는 남자들은 내면이 항상 건강해.
그들이 하는 말이나 분위기들은 과히 명품이라 할 수 있지.

너, 사람들 중에도 눈에 잘 보이지는 않지만 명품인 사람들이 있다는 걸 알고 있니?

그건 몇번 대화해 보면 바로 알 수 있어. 온몸을 명품으로 휘감고, 수려한 외모를 한다고 해서, 품위 있는 척한다고 해서 그 사람이 과연 명품일까? 그 사람의 영혼이 한없이 나약하고, 입에서 나오는 말마다 허세와 허영뿐이라면, 과연 명품으로 느껴지겠니?

명품 같은 사람은 하루아침에 되는 게 아니라고 생각해. 끊임없이 자아성찰을 하고, 내면을 채우는 노력이 있을 때 완성되는 모습들이겠지.

사람이 마흔이 되면 자신의 얼굴에도 책임을 져야 한다고 했어.

아무리 화려한 사람들이라 할지라도 젊은 시절 내내 그 삶이 피폐했다면, 결국 마흔이 넘어서 자신의 얼굴에 고스란히 세월의 흔적들이 남게 되지.

자, 너는 어떤 어른이 되고 싶니? 하루 종일 게임과 술독에 빠져서 유흥과 쾌락에만 집착하는 남자가 되고 싶니? 아니면 태도와 언행에서 누가 봐도 명품임이 느껴지는 어른이 되고 싶니? 네 삶을 선택하렴.

아들아, 행복하자

음악을 가까이하렴

어떤 젊은 대학생이 티브이에 나와서 노래를 하는데 완전 가수 뺨치는 거야. 알고 보니 어릴 때부터 취미가 음악이 었대. 그래서 학업으로 인한 스트레스를 받을 때마다 노래를 했던 거야. 덕분에 그는 좋은 학교에 입학도 했고, 음악동아리 에 가입해서 본인의 취미활동으로 매력을 뽐내기도 하면서 아 주 명품 같은 삶을 살더라고. 어때, 너무 멋진 삶 아니니?

엄마가 자꾸 너에게 악기를 좀 더 다뤄보라고 권하는 이유는 성인이 되어서까지 네가 삶을 좀 더 풍요롭게 살길 원해서야.

이렇게 말하면 아직 어린 네겐 너무 추상적이지? 그럼 좀 더 전문적인 지식을 섞어서 너를 설득해 볼게. 음악은 실제로 우리의 정신건강에 엄청난 영향을 끼친다는 연구결과가 있어. 또한 자존감을 향상시키고 우울증을 감소시키도 하지. 그래서 심리학계에서는 우울증에 걸린 사람들에게 실제로 음악치료를 권해주기도 하는데 특히 너희들 같은 청소년들은 음악이 감정을 해소시키는 역할을 할 수 있기 때문에 스트레스를 줄이는 데도 큰 역할을 하곤 하지.

너도 알다시피 나는 음악을 사랑하는 사람이야. 너를 키우면서 내면이 힘들 때마다 음악으로 극복했어. 그렇게 차에서든, 집에서든 때와 장소를 가리지 않고, 늘 음악은 엄마 곁에서 함께했어. 물론, 글을 쓰는 지금 이 순간에도.

음악은 사람의 감성을 건드려 주기 때문에 힘든 순간에도 네 마음을 좀 더 평온하게 만들어 줄 거야. 밝으면 밝은 대로, 슬프면 슬픈 대로 네 이 퍼센트 부족한 정서를 꽉 채워주는 역할을 해줄 거야.

나는 여섯 살 때부터 피아노를 배워서 그런지 절대음감이 좀 생긴 것 같아. 청각이 유난히도 예민해서 길가다가도 좋은 음악이 나오면 바로 걸음을 멈추곤 하지. 그런 감성이 있었으니 그 팍팍했던 학군지에서의 삶을 살아낼 수 있었던 것 같아.

증조할머니가 돌아가시던 그날, 이기찬의 〈미인〉을 들으면서 엄마도 차 안에서 얼마나 펑펑 쏟아냈던지.

며칠 전에는 길고 긴 겨울방학에 지쳐서 멘털이 바닥을 쳤는지 서영은의 발라드를 듣다가 나도 모르게 네 앞에서 펑펑 울어버리고 말았지. 그날 그렇게 음악으로 감정의 응어리를 풀어버린 덕분에 엄마는 또 한 번 스트레스를 홀가분히 날려버릴 수 있었던 것 같아.

그래. 음악은 그런 거야. 삶에 있어서 엄청나게 중요한 역할을 하지.

가끔 학업에 지치고 삶이 힘들다고 느껴질 때는 조용히 눈을 감고 음악을 감상하자.

그렇게 몇 시간이고 너를 음악에 맡겨보렴. 정서적으로 조금은 힐링 됨을 느낄 수 있을 거야.

살다 보면 스트레스를 받는 상황들이 계속해서 생기는데 그때마다 본인의 스트레스를 잘 다룰 줄 알아야 해. 그런 의미에서 운동과 음악은 정말 최고의 취미가 아닐까.

그래서 엄마는 올해 다시 너를 음악학원에 보내려 해. 그리고 나도 다시 피아노를 배우려고 마음먹고 있어. 실용음악을 배워서 작곡까지도 건드려 보면 어떨까. 작사는 자신 있으니까.

네가 작곡을 하면, 엄마가 작사를 할까? 어때? 상상만 해도 너무 신나는 일 아니니?

우리 부디, 내면이 풍요로운 삶을 살아가자.

227

단톡방에 너무 빠지지 말아라

*톡!

하루에도 수십번 울려대는 *톡.

요즘 SNS가 발달하면서 여기저기서 각종 친목도모나 정보공유의 목적에 의한 단톡방들이 붐을 일으키곤 하지.

엄마 역시 교육정보로 인해서 무수히 많은 단톡방들을 들락거리면서 정보의 바다에서 허우적거리곤 했단다.

아마도 너희 또래 아이들 역시 단톡방에서 많은 대화들을 주고 받으면서 추억을 쌓아가겠지.

228

그런데 테이야, 엄마가 다 해봤는데 단톡방에 지나친 에너지를 뺏기는 건 옳지 않아.

그 시간에 차라리 너의 블로그를 운영해 보면서 글을 써보는 연습을 해보는 건 어떨까?

엄마가 그렇게 여러 사람들과 신나게 채팅만 하다가 얻은 건, 결국 '손목터널증후군'뿐이었어.
버린 건 시간이요, 얻은 건 손목터널증후군뿐이라니. 너무 슬프지 않니.

그 시간에 차라리 운동을 하고, 글을 썼다면 훨씬 더 내 꿈에 근접해 있지 않았을까? 이제 와서 돌이켜 보면 엄청난 후회가 몰려온단다.

정보의 바다에서 허우적거리고, 내가 아는 정보들을 잘난척하면서 신나게 채팅을 해봤지만, 결국 얻는 건 하나도 없었단다.

대부분의 실수와 오해는 단톡방에서 일어난다는 사실을 알고 있니? 여러 사람에게 너의 의견을 전달할 때는 항상 조심했으면 좋겠다.

실제로 단톡방에서 많은 사건 사고들이 있었단다. 중고등생들이 집단 조리돌림을 하는 경우도 있었고, 모 연예인들은 단톡방에 음란 동영상을 유포하다가 체포되기도 했었지. 한순간에 본인이 쌓아 올린 명예를 무너뜨리는 어리석은 짓은 하면 안 된단다.

단지 그 방에서 함께 공감했다는 이유만으로도 공범이 될 수도 있다는 건 알고 있니? 누군가와 톡으로 대화를 할 때는 말로 할 때보다 더 신중해야 한단다. 내 글이 캡처돼서 세상 밖으로 뿌려질 수 있다는 생각을 하면서 늘 신중해야 해.

물론, 엄마들 사이에서도 단톡방의 문제성은 심각하단다.

정보교류와 적당한 친목도모까지만 하면 괜찮은데, 간혹 비양심적인 사람들이 익명방임을 악용해서 폭언을 하거나, 상대방에게 수시로 상처를 주는 일들도 빈번하단다.

부끄럽지만 어른들의 세계에서도 여전히 유치한 집단들은 존재한단다.

엄마 역시 익명 단톡방에 들어갔다가 엄마와 사이가 안 좋은 사람들이 엄마인 걸 알아보고 꼬투리를 잡고, 저격하기도 했단다. 그런 식으로 뜻하지 않게 봉변을 당할 수도 있고, 네가 한 얘기들이 아닌데 마치 네 입에서 흘러나온 것처럼 둔갑시켜 버리는 사람들도 있으니 부디, 카톡이라는 그물에 걸리지 않도록 조심해야 한다.

　실제로 요즘은 핸드폰 기능에 통화 녹음기능이 포함되어 있기 때문에 언제든지 너의 말이 녹음될 수도 있다고 각오하고 이야기 나누어야 한단다.
　엄마가 너를 일일이 따라다니면서 매 상황마다 설명해 줄 수도 없으니, 늘 상기시키면서 조심해야 하는 건 이제부터 너의 몫이란다.

　그리고 그 시간에 차라리 너의 가치를 올리는 일들에 좀 더 신경을 써보는 건 어떨까? 엄마는 이제 엄마 자신에게 도움되는 일에 집중하기로 결심했어.
　부디, 시간을 가치 있게 쓰는 네가 되길.

231

항상 나 자신을 사랑하고 당당하자

테이,

결국, 살면서 가장 중요한 건 나 자신을 끝까지 사랑하는 일
이란다.

자신을 사랑하는 사람들은 항상 티가 난단다. 늘 건강하고,
밝아. 비록, 사회적 위치가 높지 않거나, 재력이 넘쳐나지 않아
도, 그런 사람들은 어디에서나 빛이 나기 마련이지.

반면, 자신을 사랑하지 않는 사람들은 항상 삶이 우울하단
다. 뭘 해도 만족하지 못하고, 자기 관리 능력도 떨어진단다.

내가 나 자신을 사랑하지 않으면 아무도 나를 더 사랑해 주

지 않는단다. 내가 나를 어루만져 주고, 들여봐 줘야 해.

  부모님들도 너희들을 일일이 따라다니며 보살펴 줄 수 없어.
  때로는 너 혼자 여행을 가게 될 수도 있고, 자취를 하는 상황
이 생길 수도 있겠지. 그럴 때마다 항상 명심했으면 좋겠어.
  누군가가 너를 위해 밥을 차려주고, 옷을 빨아주고, 집 안 청
소를 매번 해줄 수는 없는 거야. 네 스스로 주변 환경을 돌보면
서 살아가야 해. 그게 네 삶에 대한 예의가 아닐까.

  그런 의미에서 간단한 요리 정도는 할 줄 아는 남자가 되렴.
  매번 배달 음식을 시켜 먹으면서 살 수는 없지 않겠니. 볶음
밥 같은 기본적인 요리들만 몇 개 배워도 삶의 질이 달라질 거
야. 내 입으로 들어가는 음식인데 너무 남의 손을 빌려서 먹으
려고 하지 말아라.

  사회생활이 힘들어서, 인간관계가 힘들어서, 본인의 삶을 내
려놓는 사람들을 종종 보게 되는데, 엄마가 계속 강조했듯 스
트레스 관리만 잘했어도 그 사단을 막을 수 있지 않았을까? 그
래서 취미생활들이 중요한 거란다.

  그렇게 자신의 내면을 수시로 들여봐야 해. 아, 내가 지금 몹

아들아, 행복하자

시 힘들구나, 우울하구나. 네 감정의 소리에 귀 기울이렴.

그리고, 가끔 너도 모르게 극단적인 생각이 몰려올 정도로 너무 힘이 들면, 그냥 다 내려놓고 잠시 여행을 떠나자.

엄마가 항상 강조하듯이, 이 세상에서 너 자신보다 더 소중한 것들은 없단다. 그리고, 인생은 네가 생각하는 것 이상으로 길어.

잠시 쉬었다 간다 해도 절대 뒤처지지 않는단다. 행여나 조금 뒤처진다 해도 괜찮다. 느리면 느린 대로 삶은 살아낼 만한 가치가 있으니까.
너에게 전하는 이 메시지들은 어찌 보면, 엄마 자신에게 하는 말들이기도 해.

엄마 역시 모든 일을 꾸준히 할 때마다 한 번씩 번아웃이 오곤 하지. 나는 15년 차 주부이다 보니 이제는 레시피만 있으면 거의 모든 요리가 가능할 정도로 요리는 이제 내게 너무 쉬운 일이 되어버렸단다. 그래서인지, 더 이상은 요리가 재밌지도 않고, 호기심도 없어. 사람들과 어울리는 걸 너무 좋아하는 내 꿈은, 정원이 있는 집에 살면서 주말마다 우아하게 홈드레스를 입고, 지인들과 함께 가든파티를 즐기는 거였어. 물론, 모든 요리도 내가 직접 다 대접하는 거지.

처음 신혼 때는 내일은 또 무슨 새로운 요리를 해볼까? 엄청 열심히 즐겁고 뿌듯하게 메뉴를 골라 해 먹는 재미가 있었던 것 같은데, 요즘엔 정말 매일 배민 음식들을 배달시키곤 한단다.

더 이상 요리는 나에게 어떤 호기심도 자극시키지 않고, 열심히 하고 싶은 열정도 사라졌어. 이는 마치 연애할 때 잡은 물고기에겐 더 이상 먹이를 주지 않는 이치와도 같단다.

그저 주부이기에 의무감에서 꾸역꾸역하고 있다는 현실. 하지만, 어쨌거나 이제 나는 외할머니처럼 마음만 먹으면 언제든지 가든파티를 즐길 수 있을 정도의 실력이 되어버렸어. 그저 때와 장소를 기다리고 있을 뿐.

굳이 핑계를 대자면, 우리 집은 정원이 없고, 아빠가 사람들과 어울리는 걸 좋아하지 않는 내향형 I이기 때문이지.

공부도 이와 마찬가지 아닐까?

열심히 준비하다 보면, 비록 중간에 번아웃이 와도, 본격적인 때가 됐을 때, 언제든지 본인의 기량을 잘 펼칠 수 있지 않을까?

테이, 항상 너 자신을 소중하게 여기고, 극진히 사랑하는 사람이 되었으면 좋겠구나.

힘들 땐, 여행을 떠나자

힐링에 좋은 또 다른 방법은 여행이란다. 너는 고등학교를 졸업하게 되면 어엿한 성인이 되는 거야. 갓 스무 살이 넘은 대학생들은 그때부터 고삐 풀린 망아지처럼 전국팔도 전세계를 누비고 다니곤 하지. 너 역시 그러할 것이다.

안전한 여행이라면 엄마도 언제나 찬성이야.

엄마도 대학교 때 친구들과 많은 여행을 다녔단다. 그녀들과의 추억들은 여전히 기억 속에 선명히 남아 있어. 너 역시 좋은 친구들과 좋은 추억들을 많이 남겼으면 좋겠구나.

여행은 지쳤던 몸과 마음에 엄청난 힐링의 역할을 한단다.

가끔 삶이 너무 힘들고 지치면 훌훌 털어버리고 여행을 떠나자.

맛있는 것도 먹고, 푹 쉬면서 네 영혼을 채우고 오면, 일상에 또다시 활력이 붙을 거야.

엄마도 너를 교육시키면서 힘들 때면, 모든 학원들을 다 빠지고 며칠씩 여행을 떠나곤 했단다. 그냥 무작정 떠났어. 외갓집으로도 가고, 바다도 가고, 그렇게 가서 푹 쉬었다가 돌아오면 그제서야 집안일도 보이고, 또다시 삶을 살아갈 수 있었단다.

그리고 가끔은 마음속에 학습목표를 정해두고, 이번 달까지는 너의 수학을 몇 학년까지 끝내주고 여행을 가야지! 라고 생각하면서 너와 힘든 학군지 생활을 견뎌내곤 했지. 그렇지 않았다면 너도나도 번아웃이 와서 벌써 주저앉지 않았을까?

강철같은 사람은 없어. 항상 너 자신을 잘 보듬어 주길 바란다.

엄마가 항상 네 곁에서 보듬어 주고 싶지만, 사춘기가 지나면 이제 너도 부모의 손을 떠난 어엿한 성인이 될 테니.

세월이 지나고 나니 기억감정이란 카테고리에는 좋았던 기억과 안 좋았던 기억 두 가지로 분류되는 것 같구나. 외할머니,

외할아버지랑 여행 갔던 기억들이 엄마에게도 어린 시절의 아주 좋았던 기억들로 남는단다.

테이, 기억나니? 엄마는 우리 가족의 호주여행이 가장 기억에 남아. 쪼꼬미가 어찌 그렇게 가이드 선생님들 잘 따라다니는지. 정말 귀요미였지. 가이드 선생님이 하나하나 설명해 주시면 그것들을 어찌나 잘 새겨듣던지.
호주는 참 아름다웠지. 그날의 공기와 분위기를 지금도 잊을 수가 없단다. 기회가 된다면 너와 꼭 다시 그곳을 가야겠다고 결심했지.

누군가 그런 말을 했지. 여행은 환상을 깨기 위함이라고. 그 말도 맞는 말 같구나. 엄마도 아직 못 가본 곳들에 대한 환상들이 많은 것 같아.
여전히 유럽을 못 가봤는데, 머릿속에 엄청난 기대들이 있으니 말이야. 조만간 꼭 그 환상을 깨러 가야겠어.
테이, 너도 함께 갈래?

잠을 잘 자야 한다

　그렇게 힘든 수업이 계속되면서, 오늘도 아침 일찍 일어나지 못하는 너를 보고, 또 고민이 많아진단다.

　엄마는 잠을 잘 자는 것에 대해서 아주 중요한 의미 부여를 하는 사람이란다.
　단순히 키가 크기 위함이 아니야. 숙면을 취하지 않는다면, 뇌에도 엄청난 영향을 끼쳐서 오히려 성적이 떨어지는 악순환을 경험하게 될 것이고, 잠을 잘 못 자는 사람들은 우울증에 걸릴 확률도 훨씬 높아진단다.

　실제로 엄마, 아빠의 부부싸움도 항상 숙면부족에 의한 짜증

　　　　　　　　　　　　　아들아, 행복하자

으로 인한 경우들이 참 많았단다. 거기에 집밥 타령까지 더해지면 그 시너지가 엄청났지.

사람은 본디 본인의 심신이 편안해야 모든 일들을 편안한 시선으로 바라볼 수 있단다. 내 몸이 피곤하고 힘들면, 나도 모르게 짜증이 몰려올 수밖에 없는 거란다.

더군다나 너희들처럼 학습량이 많아지는 시기엔 스트레스가 더욱 심해지기 때문에 그럴수록 충분한 휴식을 취해야 하는 거야. 세상에 내 건강보다 더 중요한 일들이 과연 있을까? 글쎄, 그런 건 없다고 생각한다.

엄마가 인간의 '뇌'가 참 신비하다고 계속 강조하지? 우리의 '뇌'는 어떻게 활동시키는지도 물론, 중요하지만, 어떻게 잘 쉬는지 역시 엄청나게 중요하다고 연구결과에도 나와 있단다.

중고등 시절을 겪다 보면, 점점 수업 시간에 조는 아이들이 늘어날 거야. 엄마의 학창시절에도 밤새 독서실에서 꼬박 밤을 새우고, 그다음 날 오전수업부터 조는 아이들이 절반 이상이었지.
부디, 깨어 있는 시간에 충실하고, 충분한 숙면을 취하도록 하자. 숙면은 살아가면서 가장 중요한 습관이 아닐까 생각되는구나.

　엄마도 최근에 출판을 목표로 글을 쓰기 시작하면서 밤잠을 설쳤더니 확실히 운전할 때 집중력이 떨어지더구나.

　우리의 뇌는 참 똑똑해서, 쉬어야 할 때를 정확히 알려주지. 뇌가 보내는 신호에 늘 민감하자꾸나.

　　　　　　　　　　　　　　아들아, 행복하자

끊임없이 글을 쓰자

앞으로 네가 살아가는 시대는 지금보다도 더 글이 활성화될 거라고 생각한다. 앞으로는 스토리텔링의 시대이며, 글을 잘 쓰는 사람들이 어디에서나 유리할 수밖에 없는 구조를 가지고 있지.

엄마가 최근에 시작한 글스타그램에도 젊은 청년들이 엄청 많은데, 본인이 사회생활을 하면서 있었던 경험들이나 생각들을 글로 정리해서 여러 사람들과 공유하면서 수만 팔로워를 유지하곤 하지. 그 사람들은 그런 소셜네트워크를 이용해서 또 다른 취미활동이나 부업을 하고 있단다.

비단, 돈만의 문제가 아니란다. 글쓰기는 삶을 풍요롭게 만드는데 기여하는 역할을 한단다. 네 생각을 글로 정리하다 보면, 어느 순간 마음도 정화되고, 그렇게 스트레스가 줄어드는 기분을 느낄 수 있을 거야.

그리고 늘 생각이 정리되기 때문에 주변 사람들과 소통을 할 때도 그 대화의 흐름이 자연스러워질 수밖에 없는 거지.

처음엔 익숙지 않아도 글을 꾸준히 쓰다 보면 자연스럽게 그 실력이 향상되게 마련이란다. 그러다 보면 엄마처럼 출판의 경지에까지 이르곤 하지.

가끔은, 말로 표현하는 게 더 어려운 상황들도 있단다. 누군가에게 너의 진심을 전달하기 어색하거나 자신이 없어질 때는, 글로 전달해 보는 것도 아주 좋은 방법이란다. 엄마가 사춘기 너에게 직접 전하지 못하는 마음을 이렇게 글로 전달하듯이 말이야.

테이, 그렇게 너도 글을 좀 썼으면 좋겠구나. 엄마처럼 열심히는 아니더라도, 글을 쓰면서 너의 내면을 끊임없이 들여다보는 네가 되었으면 좋겠다.

글을 쓰는 사람들은 아름답다. 엄마는 네가 아름다운 청년이 되길 소망한다.

누군가를 미워하는 데 너무 많은
에너지를 쓰지 말자

살다 보면 한 번씩 싫은 사람들을 만나게 되지. 그냥
그 사람만 생각하면 어이가 없어서 분노가 치밀기도 하고, 욕
부터 나오는 그런 사람들은 어디에나 존재한단다.

엄마에게도 그런 사람들이 있었다. 정말 분했고, 어이없고
기가 막혀서 손절까지 갔던 그런 사람들이 엄마에게도 있었지.
그 시절에는 그 사람이 너무 미워서, 친구들에게 사정없이
욕하면서 화를 풀었던 것 같다.
그런데 그래 봤자 결국 나만 손해란다. 지금 생각해 보면 나
역시 내면이 약해서 그 사람들에게 에너지를 뺏긴 게 아닐까.
좀 더 내면이 강했더라면, 대수롭지 않게 넘어갔을 수도 있

지 않았을까. 그들은 네 영혼이 한없이 나약해졌을 때 잘 침투하곤 하지. 그러니 함부로 그들을 네 안으로 들이지 말아라.

요즘엔 대부분의 사람들이 자신의 시간을 귀하게 여기기 때문에 다른 사람들의 귀한 시간을 뺏어서 네 감정의 쓰레기통으로 쓰는 일은 없어야 해.

엄마도 한때는 편한 사람들에게 아무렇지도 않게 푸념을 하곤 했었는데, 막상 반대의 입장이 되면 썩 기분 좋은 일들은 아니란다. 푸념도 어쩌다 한두 번이지 매번 반복되다 보면 좋았던 사이마저 멀어지게 만들곤 하니까.

너를 일부러 화나게 만드는 사람들을 애써 상대하려고 하지 말아라. 그럴수록 네 입만 더러워지고, 시간만 버리게 마련이란다. 그냥 무관심으로 일관하렴. 언젠간 그들도 그들의 흑역사를 돌아보면서 부끄러워할 날들이 반드시 올 테니 그날을 기다리거라.

그렇게 절대로, 누군가를 미워하는 데 네 마음을 뺏기지 말아라.

가끔 복수 드라마들을 보면 참 안타깝단다. 주인공의 너무

아들아, 행복하자

화나는 마음은 이해가 되지만, 복수를 위해서 자신의 인생을 바치는 행위는 옳지 않다. 그 시간에 내 발전을 위해 힘쓰는 게 더 낫지 않을까? 최고의 복수는 깨끗하게 잊어주는 거란다.

그리고 누군가의 미움을 받는다면, 혹시 내가 먼저 상대를 자극하지 않았는지를 돌아보자. 대부분의 인간의 마음속에는 남녀노소 불구하고 시샘, 질투라는 감정이 조용히 도사리고 있다. 단지 평소에는 잘 드러나지 않도록 꼭꼭 숨어 있다가 상대방이 자극함과 동시에 그 얼굴을 표면 위로 드러내기도 한단다.

여기서 잠깐, 과연 시샘을 부린 그 사람만의 잘못일까? 원인 제공을 한 상대방에게도 일정 부분의 책임이 있다고 생각한다. 네 앞에 있는 타인의 마음속에는 천사와 악마의 이중적인 마음이 대립적인 구도로 들어앉아 있다. 이 중 어떤 마음을 불러일으킬 건지는 네 선택에 달렸단다.

어느 날, 카톡으로 다른 집 아이들의 성적표가 날아오는 일들도 있었단다. 네가 그 친구보다 잘했으면 기분이 나쁘지 않았겠지만, 더 못 본 경우에는 다른 집 아이의 잘 나온 성적표를 받고 기분이 좋을 엄마들은 아마 거의 없을 것이다.
부디, 천사였을지도 모르는 타인을 자극하지 말거라.

너의 어린 시절은 참으로 총기가 넘쳤단다. 그래서 그 시절에 엄마는 너를 데리고 다니면서 참으로 뿌듯했단다. 그러다 보니 엄마도 모르게 그 마음들이 은연중에 다 드러나지 않았겠니? 엄마는 감정을 숨기지 못하는 캐릭터잖아.
 덕분에 말 많은 이 동네에서 시샘도 많이 받고, 여러 가지 사건들도 끊이질 않았지.

 처음엔 무척 화가 났단다. 내가 열심히 애써서 키웠고, 정성 쏟은 만큼 좋은 결과가 나왔던 것뿐인데 왜 아무 상관도 없는 사람들의 시샘을 받아야 하는 건지.

 그런데 어느 날 타인이 완벽한 인격체가 아니라는 걸 받아들이기로 하니, 마음이 한결 편안해졌단다. 아무리 어른의 탈을 쓰고 있어도, 주민등록상으로 성인이라는 나이를 갖게 되어도 사람은 완벽한 성군이 될 수 없단다.

 자아를 들여다보면서 끊임없이 성찰하는 사람은 생각보다 많지 않아. 네 앞에 있는 그 사람이 너의 모든 것들을 이해해 줄 거라는 착각은 버리는 게 좋을 거야.
 아무리 친한 친구라도 부러운 마음이 드는 건 당연한 거란다. 그 감정들을 굳이 자극할 필요는 없는 거지.

247

몇 년 전, 집값이 갑자기 폭등하면서 집을 산 사람과 사지 못한 사람들 사이에 재산의 격차가 엄청나던 시기가 있었어.

아파트 한 채에 몇억씩 뛰던 시기였기 때문에 집을 사지 않은 사람들은 스스로가 엄청난 주눅이 들거나 자존감이 떨어지기도 했단다.

친구들과의 모임에 나타나지 않거나, 자신의 정보력 무능에 한탄하는 사람들이 참 많았지.

그럴 때마다 어김없이 재테크로 성공한 동창들 또한 등장하게 마련이잖니. 성숙하지 못한 성인들은 여기에서도 역시나 미운털이 박히더구나.

이 또한 과연 시샘하는 사람들만의 잘못인 걸까?

끝으로, 사람은 본래, 자신이 보고 싶은 대로 보고, 듣고 싶은 대로만 들으려는 성향이 강하단다. 네 앞에 있는 상대방은 그냥 너를 그렇게 판단하고 싶은 거란다. 그 사람들의 오해를 애써 풀기 위해 노력할 필요는 없는듯하다.

어차피 우이독경인 경우들이 대부분이고 네 에너지만 소진된다. 그냥 시간이 지나고 스스로가 느낄 수 있도록 내버려두어라.

서로의 경험치와 가치관이 다르기 때문에 결국 본인의 틀 안에서만 판단하고 느낄 수가 있단다.

옛말에도 뭐 눈에는 뭐만 보인다고 하지 않니.

그렇게 세상을 살다 보면, 누군가는 너를 이유 없이 미워할 수도 있단다. 겸허히 받아들여라. 너 역시, 이유 없이 불편하고 싫은 사람들이 생기게 마련이니 흘러가는 감정들에 일희일비할 필요 없단다.

물론, 불의를 보고 피하란 소리는 아니다. 엄마는 강강약약을 항상 강조하곤 하지. 강한 사람들에게는 강하게. 약한 사람들에게는 약하게 부디 명심하자.

악인들을 만나면 쉽게 불의에 순응하지는 말자. 그냥 그런 사람들과는 최대한 거리를 두고, 네 입이 더러워지는 것을 막아야 한다.

사회생활을 하다 보면 너를 이용하려 드는 못된 사람들을 많이 만나게 될 수도 있다. 항상 촉을 세우고, 네 판단을 믿고 끊어낼 사람들은 과감히 끊어내길 바란다.

하지만, 살면서 굳이 적을 많이 만들 필요는 없지 않겠니? 내가 이런 말을 함으로써 저 사람의 비위를 건드릴 수가 있다면 굳이 할 필요가 있을까? 네 앞에 있는 그 친구들이 훗날 대통

령이나 위인들이 될 수도 있는 거란다.

애써 그 사람과의 관계를 비틀어 봐 봤자, 너에게 득 될 게 하나도 없단다.

나비효과라고 들어봤지? 작은 말들이 일파만파 퍼져서 엄청난 울림이 될 수도 있단다.

살면서, 피할 수 없는 인연임에도 불구하고 너를 서운하게 하는 사람들이 생길 수도 있다.

그런 경우엔 서서히 거리 두기를 실천하자. 카톡도 잘 연락 안 하고, 몇 년이고 일단 거리를 둬보자. 그렇게 좀 멀리 떨어져 있다 보면, 신기하게도 몇 년이 지난 후 또 그 사람들이 생각나는 상황들이 생기기도 하지.

그렇게 네 마음이 누그러졌을 때, 그 사람이 이해되기 시작했을 때쯤, 그쯤 다시 연락해 보는 것도 나쁜 방법은 아니라고 생각한다.

그런 식으로, 잘못한 그들에게 너를 그리워할 시간을 주어라.

아마도 그 사이에 그 사람도 본인의 행동들을 반성하고 있었을 테니. 만약, 그렇지 않고 상대방이 같은 실수들을 계속 반복한다면, 그런 관계는 너랑 맞지 않는 인연이니 냉정하게 잘 판단하는 게 좋을듯해.

솔직하자

　너도 알다시피, 대부분의 사람들은 솔직한 사람들을 좋아한단다. 아무리 예의 있게 행동해도 가식적인 사람들은 금방 비호감이 되기 마련이야.

　네 앞에 있는 그 사람을 바보라고 생각하지 말아라. 네가 생각하는 것보다 그 사람들은 너보다 똑똑해서, 네 속마음을 꿰뚫고 있는 경우들이 많단다. 겉으로는 아닌척하고, 모른척해도 속으로는 다 알고 있어.

　그러니 부디, 상대방을 함부로 속이려고 하지 말자.

　실제로 주변에서도 거짓말하는 엄마들을 많이 보게 된단다. 그녀들은 정말 아주 사소한 것들로 거짓말을 하곤 하지.

　　　　　　　　　　　아들아, 행복하자

뻔히 그 학원에 다니고 있는 걸 다 아는데도 안 다니는 척을 한다든지, 경시대회에서 입상을 한 것도 아니면서 입상을 했다고 상대방을 속이는 경우들도 있지.

그렇게까지 해서 그녀들이 얻은 건 무엇일까. 일시적인 거짓 자존감의 회복과 바꾼 불신일 뿐이지.

그 후론, 그렇게 한 번 수상 경력을 속인 그 엄마의 입에서 나오는 모든 말들을 믿지 못하게 되었어.

엄마의 초등시절에도 예쁘고 귀여워서 인기가 많았던 친구가 있었어. 그 친구는 친구들의 관심을 무척이나 받고 싶었던 건지, 계속 자기 자랑을 하기 시작했지.

우리 집은 저기 저 큰 주택이고, 아빠 차도 엄청 좋은 차라면서 묻지도 않는 이야기들을 주저리주저리 홍보하고 다녔단다. 그렇게 인기몰이를 하고 싶었던 어느 날, 그녀의 거짓이 탄로나게 되지.

알고 보니 그녀의 집은 가난했고, 아버지도 변변한 일자리가 없으셔서 어머님이 마트에서 일을 하시던 상황이었단다.

친구들에게 자신의 거짓말이 탄로 난 그녀는 결국 못 버티고 전학을 가더구나. 양치기 소녀가 된 그 아이를 상대해 줄 친구

252

는 아무도 없었던 거지.

한 번 사람을 속이게 되면, 그 후로도 그 사람은 주홍글씨를
새기게 된단다. 아홉 번을 정직했지만, 단 한 번의 거짓말로도
그 사람의 이미지는 회복할 수 없게 되지.
부디, 별일이 아니라면 사소한 것들로 상대를 속이려고 하지
말자. 속여서 엄청난 이득을 얻는 게 아니라면 왜 굳이 그런 모
험을 하려는 걸까.
항상 명심해야 해. 거짓말은 언제든지 들통날 수 있는 거란다.

너도 솔직한 친구들이 훨씬 편하고 좋지 않니? 상대방도 마
찬가지란다. 꾸며진 가식보다, 소탈한 솔직함을 더 좋아하는
사람들이 세상엔 훨씬 더 많다는 걸 잊지 말았으면 좋겠구나.
가식으로 사귄 사람들은 그 가면이 벗겨짐과 동시에 네 곁을
떠나게 될 것이다.

소탐대실이라고 작은 것을 얻으려다 큰 것들을 놓치게 되는
경우들이 생길지 모르니, 작은 이득을 위해 상대를 기만하는
행위는 절대 하지 말아야 한단다.

우리는 그것을 어리석음이라는 단어로 표현하기도 하지. 멀

아들아, 행복하자

리 볼 줄 아는 혜안을 가진 사람이 되어주길. 지혜로운 사람들은 당장 눈앞의 작은 이익을 위해서 상대를 속이지 않는다는 걸 명심하자.

가면을 쓰지 마라

미소천사J

나는 당신이 강한 사람이 아니란 걸
잘 알고 있다
그러니 애써 가면을 쓰지 마라
가면 안으로 보이는
너의 그 어린아이와 같은
순수함을 사랑한다

그러니 내 앞에서는
한없이 벗겨져도 좋다
반쯤 가리고 있는 그것을
이젠 내게 넘겨다오

나는 그 안의 네 진심이 좋고,
네 따스함을 사랑한다

아들아, 행복하자

삶과 죽음에 대하여

끝으로 사람은 누구나 죽는단다. 엄마는 증조할머니의 죽음을 보면서 처음으로 인간의 죽음에 대해서 생각해 보는 계기가 되었다.

증조할머니는 엄마에게 무척 따뜻한 분이셨지. 그런 할머니가 늙어가고, 연약해지고, 아프고, 그렇게 한 줌의 재가 되기까지의 모든 과정들을 눈앞에서 지켜보면서, 아, 인간의 삶이 참 덧없구나라는 것을 많이 느꼈단다.

결국 우린 모두가 한 줌의 재가 되어 일생을 마무리하지.

죽음 앞에서는 누구도 자신할 수 없는 거야. 〈이프 온리〉처럼 오늘까지 곁에 있던 사랑하는 사람이 내일 당장 사라질 수도 있는 거지.

그럼에도 불구하고 사람들은 마치 영원히 살 것처럼 현재를
살아가고 있어.
그렇기 때문에 욕심을 부리고, 현재의 행복들을 놓치면서 살
아가는 것 같아.

아들아, 현재에 충실하자. 다가올 미래를 걱정하느라 오늘의
행복들을 놓치기에는 인생이 너무도 덧없단다.
지나간 과거로 인해 후회하는 시간들로 현재를 날려버리기
에는 오늘이라는 시간이 너무 소중하다.

'카르페디엠' 엄마가 참 좋아하는 단어지? 이 단어는 영화〈
죽은 시인의 사회〉에서 처음 등장했는데, '지금 이 순간에 충
실하라!'는 의미를 지니고 있지. 요즘엔 다소 그 의미가 퇴색
되어 순간의 쾌락을 즐겨라로 오해를 불러일으킬 때도 있지만,
이 영화에서 나오는 카르페디엠의 의미는 그런 뜻이 아니란다.
즉, '주체적인 너희만의 특별한 삶을 살아라!'는 뜻이 내포되
어 있기도 하지. 내 삶의 주인공은 나 자신이란다. 내가 원하는
삶의 방향과 목표가 뚜렷하다면, 때론 과감히 밀고 나갈 수 있
는 용기 또한 필요한 것이지.

아들아, 행복하자

하지만, 이 영화에는 애석하게도 스스로의 삶을 비극으로 끝낸 한 학생이 등장하기도 하기도 해서, 보는 이들을 짠하게 했지.

가끔 뉴스에서도 학업이 힘들다고 극단적인 선택을 하는 학생들의 사례들이 종종 등장하곤 하지.

꿈과 목표를 이루기 위해 달려가는 건 좋으나, 너무 그 목표들에 매몰되어 네 소중한 지금의 순간들을 외면하는 어리석은 행동들은 절대 하지 말아야 해.

앞으로도 세상은 충분히 살아볼 만한 가치가 있단다. 그러니 부디, 나약해지지 말아라. 살다 보면, 반드시 힘든 순간들이 찾아오고, 그럴 때마다 멈출 수 있는 용기 또한 필요하단다. 그럴 때는 눈치 보지 말고 과감히 브레이크를 걸어라. 네 내면의 소리에 항상 귀 기울이고 그렇게 너 자신을 사랑하렴.

이 영화에 등장하는 키팅 선생님은 입시로 힘들어하는 학생들을 위해 시를 낭송하게끔 시키면서 아주 유명한 명언을 남겨주셨지.

"의학, 법률, 경제, 기술 따위는 삶을 유지하기 위해 필요하지만, 시와 미, 낭만, 사랑은 삶의 목적인 거야."라는 명언을 남기지. 어때? 너무 멋진 말 아니니?

엄마는 이 장면에서 고개를 끄덕일 수밖에 없었지. 엄마의 삶의 가치관과도 일치하는 말이었단다.

그런 의미에서 엄마의 에세이에도 여러 편의 자작시들을 수록해 놓았단다.

너도 여유가 된다면, 한 번씩 시를 지어보는 것도 참 좋을 것 같구나. 네 내면을 들여다볼 수 있는 좋은 계기가 될 거야.

끝으로 만남이 있다면, 헤어짐이 있는 거란다. 언젠가 엄마, 아빠가 이 세상에 존재하지 않는 날이 오더라도, 너무 슬퍼하지는 말아라. 우리는 너를 키우면서 충분히 행복했고, 그렇게 너는, 단지 네 존재만으로도 그 보답을 충분히 했단다.

세상에 태어나서 제일 잘한 일이 너를 낳아서 키운 일이며, 두 번째 잘한 일도 역시, 끝까지 너의 엄마로 살다 간 거란다.

너무 많이 부족한 엄마 아빠에게 와줘서 고맙고, 또 미안했단다.

항상 너에게 하고 싶은 말들이 너무 많았지만, 이 진심을 어떻게 전해야 할지 몰라서 망설이고, 또 망설이다가 이렇게 편지로 대신한다.

가끔 삶이 지치고 힘들 때면, 한 번씩 펼쳐봐 줄 수 있겠니?

끝으로, 이 글을 쓰면서 엄마는 너무 행복했다.

아들아, 행복하자

언제나 너의 뒤에는, 너를 항상 응원하고 있는 엄마, 아빠가 있다는 사실을 늘 기억해 줬으면 좋겠구나.

힘이 들면, 언제든지 엄마 품에서 쉬었다 가거라. 그렇게 엄마는 오늘도 너의 둥지를 잠시 비워둘 테니, 네가 필요할 때면 언제든지 찾아오거라.

아들아, 사랑한다. 그렇게 너를 진심으로 사랑했고, 앞으로도 영원히 사랑할 것이다.

제8화

사춘기
아가들에게

엄마들도 한때는
아이돌 누나였단다

오늘도 애쓰고 있는 전국의 사춘기 아가들아~!

너희들이 잘하면 잘하는 대로, 느리면 느린 대로, 순하면 순한 대로, 세상의 모든 엄마들은 다들 저마다의 사연들로 힘들단다.

찬란한 이십 대를 거치고 아이가 아이를 낳아서 키웠을 뿐이다. 그렇게 모든 게 낯선 엄마들도 삶을 살아내는 게 그리 녹록지만은 않단 말이다.

너희들이 그렇게 쓴소리하면 엄마들은 억장이 무너진다. 열일 제치고, 집에서나 밖에서나 너희들 생각뿐인데 그런 엄마들에게 상처 주지 말아라. 사춘기라는 방패를 가지고, 마치 지금의 특별한 권리인 양 함부로 누리지 말아라. 엄마들은 너희들을 키워내는 동안에도 충분히 힘들었다. 차 안에서 남몰래 훔친 눈물이 한강이란다.

엄마들도 한때는 누군가의 소중한 딸이었고, 누군가의 아련한 첫사랑이었으며, 누군가의 자랑스러운 인재들이었단다. 너희들이 그렇게 함부로 대해도 되는 존재가 아니란 말이다.

그러니 부디 엄마들 말 좀 잘 들어다오. 그렇게 방문을 쾅 하고 들어가고, 소리 지르면서 신경질 부리면 엄마들도 너무 속상하단다.

그토록 사랑하던 내 아가가 나한테 함부로 대하고, 내 사랑을 바닥에 내동댕이치면 그 슬픔은 이루 말할 수가 없지.

연애 시절 내내 그토록 도도했던 엄마들이 너희들에게만 애걸복걸 매달리면서 사랑을 갈구하는 거란다. 부디, 그 마음 좀 헤아려 주면 안 되겠니? 오늘도 엄마들은 너희들의 GR 총량의 법칙이 끝나기만을 한없이 기다린단다. 돌아와다오. 내 사랑하는 천사들아.

사춘기 아가들에게

너희들의 미래를 응원해

오늘은 너에게 마지막 편지를 쓰는 날이구나. 하늘이 꽤나 청명해. 그렇게 벌써 봄이 왔어. 꽃들도 저마다의 아름다움을 뽐내기 위해 분주히 준비하고 있어. 자세히 들여다보면 하나하나 안 예쁜 꽃들이 없는데, 그 안에서도 서로 돋보이려고, 안간힘들을 쓰는구나.

두 달간의 긴 휴식을 끝내고, 너도 다시 학원으로 돌아갔지. 방학 동안 충분히 잘 쉬었니? 그래. 그동안 쉴새 없이 달려오느라 많이 힘들었겠지. 한 번쯤은 긴 휴식이 필요하다고 생각했고, 지금이 기회라고 판단해서 이번 방학에는 너에게 무리한 요구를 하지 않았지.

덕분에 충분하게 에너지 충전을 한 네 모습이 참 보기 좋구나.

그래, 오늘도 힘든 하루를 살아내고 있는 너희들을 우리는 항상 응원하고 있단다.

우리에게도 너희들의 시절이 있었고, 얼마나 힘든 일인지 충분히 겪어봐서 잘 알고 있어.

밤공기를 가르며 터벅터벅 걸어가는 너희들을 보면 정말 그 짠함이 이루 말할 수 없단다. 하지만 너희들은 모를 거야.
꿈을 꿀 수 있는 지금이 얼마나 소중한 시기인지. 너는 엄마에게 종종 얘기하곤하지.

"엄마는 공부도 안 하고 쉬기만 하니까 좋겠다!"

하지만 너희에게는 또 다른 기회라는 게 있잖아.
물론 나이 들어서도 기회는 계속 찾아오기도 하지만, 우리에게는 '기회의 문'들이 너희들에게처럼 활짝 열려 있지는 않거든.
무엇이든지 꿈꿀 수 있고, 만들어 나갈 수 있는 너희들의 나이를 사랑하렴.

인생에 있어서 두 번 다시는 오지 않을, 그렇게 반짝반짝 빛나는 찬란한 별들아,

오늘 당장 빛나지 않아도 괜찮아. 그러니 너무 조급하게 생각하지 말고, 너희들의 날들이 올 때까지 조금만 더 기다려 줄래?

행운은 어느 날 갑자기 찾아오기 때문에, 늘 거머쥘 준비를 하고 있어야 해. 기회는 자기가 미리 가겠다고 절대 예고하지 않아. 그러니 맘의 준비를 단단히 하고 너희들만의 기회가 오는 그 순간에 그 행운을 바로 낚아챌 수 있어야 해.

오늘도 온 세상이 너희의 꿈을 응원하고 있어. 그 꿈 앞에 당당해질 수 있도록 거침없이 나아가자.

사랑하는 내 아들, 딸들아,

그렇게 너희는 누군가의 꿈이며, 기적이 될 거야.

테이, 벌써 엄마의 이야기가 다 끝이 났구나. 요즘 통 대화가 통하지 않는 너에게 아주 많은 얘기들을 들려줬는데 넌 어떤 생각을 했을지 궁금하구나. 엄마는 너의 얘기도 듣고 싶단다.

앞으로도 너는 무수한 시행착오들을 거치면서 너의 삶을 살아야겠지.

네가 누구라도, 어떤 모습으로 살아가더라도, 너만 행복하다면 엄마는 상관없단다.

그러니 항상 꿈을 꾸고, 그 꿈을 향해 나아가는 당당한 네가 되기를 소망한다.

자, 이만, 엄마의 편지는 여기서 매듭을 지을게.

오늘도 그렇게 사랑한다. 내 아들.

제 글을 끝까지 정독해 주신 여러분들께 진심으로 감사의 말씀을 전하고 싶습니다.

-감사합니다-

끝으로, 이 책에 나오는 '테이'는
저희 아들의 진짜 이름이 아닌, 필명입니다.

사춘기 아들에게

바야흐로, 그렇게 봄날이 왔습니다.

　우리 아이들과 부모님들은 오늘도 어딘가에서 그렇게 꿈을 꾸
며 살아가고 있겠죠?
　부디, 어제보다 더 발전하는 우리들이 되었으면 좋겠습니다.
　저 역시, 십 년 동안 제 아이의 학습매니저로 살아왔지만, 제 소
임을 다하고 나면, 또 다른 꿈을 향해 전진할 것입니다.

　누구에게나 그 시작은 있습니다. 그 첫걸음을 내딛는 게 무척이
나 용기가 필요했지만, 저를 보면서 또 다른 누군가가 꿈을 꿀 수
있는 계기가 되었다면, 그걸로 충분히 만족할 것 같습니다.

끝으로,

저는 이 글을 쓰면서 참 행복했습니다.

말로 하면 그 진심이 퇴색되거나 휘발성이 강하기 때문에 늘 고민이 많았는데, 편지를 통해서 아이에게 제 진심을 오롯이 전달할 수 있었기 때문입니다.

우리는 자녀들을 아주 깊이 사랑하고 있지만, 표현하기 쉽지 않은 게 현실입니다.

오늘도 무수한 갈등으로 고민하고 계실, 전국의 수많은 성장기 자녀들을 둔 어머님들, 도대체 엄마의 마음을 잘 모르겠다고 투덜대는 청소년들,

아이가 사춘기에 접어들면서 하고 싶은 말들은 많았으나, 어떻게 전해야 할지 몰라서 고민하는 어머님들께 이 책을 바칩니다.

저자 김민정 올림

나는
내 아이의
학습
매니저다

초판 1쇄 발행 2024. 4. 15.

지은이 김민정
펴낸이 김병호
펴낸곳 주식회사 바른북스

편집진행 황금주
디자인 배연수

등록 2019년 4월 3일 제2019-000040호
주소 서울시 성동구 연무장5길 9-16, 301호 (성수동2가, 블루스톤타워)
대표전화 070-7857-9719 | **경영지원** 02-3409-9719 | **팩스** 070-7610-9820

•바른북스는 여러분의 다양한 아이디어와 원고 투고를 설레는 마음으로 기다리고 있습니다.

이메일 barunbooks21@naver.com | **원고투고** barunbooks21@naver.com
홈페이지 www.barunbooks.com | **공식 블로그** blog.naver.com/barunbooks7
공식 포스트 post.naver.com/barunbooks7 | **페이스북** facebook.com/barunbooks7

ⓒ 김민정, 2024
ISBN 979-11-93879-79-5 03810